人魚王子の花嫁に選ばれましたが困ります

SATORU
MIZUMORI
水杜サトル

CHOCOLAT
BUNKO

ILLUSTRATION 日塔てい

CONTENTS

薄暗い部屋の中央に、青白い水の球が浮かんでいる。

水球は両手で包めるほどの大きさで、その表面を緩やかな波紋が覆っている。

「七つの海、七つの王国…」

女のしゃがれた声が静寂を破る。紫色の長いローブを纏《まと》った女は占術師だ。

しわが刻まれた両手の五指が水球の表面を撫でると、波紋が消えて十二宮が浮かび上がった。

「我が王フェリックスが統《す》べる地中海。碧《あお》き王国を導く神聖なる星の輝きよ」

水球に、占術師がゆっくりと語りかける。すると、水球が回転し始め、天井の円い窓から差し込む月光を吸い込んだように光り輝きだした。

占術師の背後に、黄金色の髪をした若い長身の男、エドヴァルドが佇《たたず》んでいる。透き通った碧眼《へきがん》で、その様子を悠然と眺めている。

水球の回転速度が徐々に鈍くなっていき、数回瞬きをするほどの間に完全に停止した。

占術師が水球を覗き込む。

「守護星は月、元素が水、母性の回転を意味する巨蟹宮《きょかいきゅう》が陸を指しています。…次期国王、エドヴァルド王太子の花嫁候補となりえる者…男性体がひとり在ります。極東にある国、そこの北の島に」

「……極東の国、――日本か」

やや思案したのちに、エドヴァルドは低く呟いた。

I

ゆったりとした曲調のジャズが流れている。

白シャツに臙脂《えんじ》色のカフェエプロン姿の観崎歩《かんざきあゆむ》は、カップで珈琲《コーヒー》豆を掬って電動ミルに投入した。

壁に掛かっているアンティーク時計の振り子音や新聞紙を捲る音に、ミルが豆を粉砕する音が被さる。細挽きにした豆を、空のサイフォンにセットする。着火ライターでアルコールランプに火を灯したところで、コロンと心地好いドアベルの音が響いた。

ドアが開くと仄かな潮《しお》の香りが流れ込んでくる。近くに海があるからだ。

「いらっしゃいませ」

木目のドアを開けて入ってきた男性に、歩はカウンターの中から声を掛けた。

グレンチェックのハンチング帽を被った男性は常連客の入間《いるま》だ。入間は歩に向けて片手を上げると、入り口傍のベンチシートに腰を下ろした。上げ下げ窓から通りが見えるその席が彼のお気に入りだ。

グラスに水を注いで、テーブルまで運ぶ。

「漸《よう》く暖かくなってきたな」

「そうですね。オイルヒーターが必要なのも朝だけになったかな」

「あっと言う間に短い夏がくる…あぁ、今日のシフォンケーキはなんだ？」

「オレンジピールです」

「じゃあそれと美味いホットモカを」

「はい」

注文を取りつけてカウンターの中へ戻ると、ちょうどサイフォンの湯が沸騰《ふっとう》したところだった。

フラスコからロートへ湯が上がる。珈琲粉が湯に浸っていくのを見て手早くへらで攪拌《かくはん》し、豆と湯を馴染《なじ》ませる。

新たに挽いた豆を別のサイフォンにセットした時、歩は頭上からの軋み音に気付いた。三枚羽根のシーリングファンを見上げて、またかとため息をつく。年代物の空調ファンだ。ときどき油を差してやらないと、キィキィ鳴って不調をアピールしてくるのだ。

「これくらい大丈夫だよ。耳の遠いじいさんらには聞こえないって」

目の前のカウンター席にいるショートカットの若い女性、更紗《さらさ》がカフェオレボウルを両手で持ちながら悪戯《いたずら》っぽく笑っている。

歩は「こら」と小声で窘めて、彼女以外のふたりの客に聞こえていないか確認する。ひとりは通りを眺めているし、もうひとりも新聞から目を離していない。

歩はほっと息を吐いて、先のサイフォンの火を消してからもう一度攪拌した。

「更紗は平気？　レポートの邪魔にならない？」

ケーキフードを開けて、残り僅かとなったシフォンケーキをカットしながら訊くと、更紗が首を横に振った。

「全然気にならないよ、大学より静かだし。それに歩の淹れる珈琲の匂いが好きだから」

そう言って、カフェオレボウルをテーブルに置いて、タブレットPCに目を落とした。

北海道の東南に位置する港町。ここは漁業と芸術が盛んな街だ。

更紗は芸術大学に通う学生で、ネイチャークラフトを専攻している。来店すると、いつも三席あるカウンターの右端に座る。

珈琲をフラスコから温めておいたカップへ移す。ふわりと湯気がたちのぼり、周囲に芳《かぐわ》しい匂いが広がった。カップをトレーに載せて、新聞を開いている客へ運ぶ。

歩がひとりで切り盛りしているカフェ、「ソラモネ」は、ボックス席とカウンター席を合わせて二十席足らずのこぢんまりとした店だ。比較的人通りの多い商店街の隅に建つビルの一階にあり、先代マスターがいた頃から通う地元の常連客が多い。

午後五時過ぎ。ラストの客を見送り、歩はサインプレートをかけ替えようとドアノブに手を伸ばしたとき、外側からドアが開いてびくっとする。

まさかすぐ目の前に人がいるとは思わなかったのだろう。歩も驚いたが、開いたドアのところに佇むスーツ姿の男性の目が見開かれている。

男性は一七二センチの歩が見上げるほどの高身長で、品の良いブルーのグレンチェックのスリーピースをスマートに着こなしている。二十五歳の歩より少し年上だろうか。艶のある黄金色の髪と碧眼が美しい、絵に描いたようなハンサムだ。

同性の歩ですら思わず見惚れてしまって、はっとする。

「あ……すみません。もう閉店なんです」

慌てて伝えるが、黙ったままじっと見下ろされる。

聞こえなかったのかと、もう一度言おうとしたが、男の唇の端がくっと持ち上がるのを見て、思わず言葉を飲み込んでしまう。

「見つけた」

そう呟いたかと思えば、男は店内に入ってきて後ろ手にドアを閉じた。

「えっ、あのっ…」

意表をつかれた歩は、つい後退ってしまう。

「あ…の、当店は五時までで、今日はもう閉店です。…申し訳ありません」

一旦飲み込んだことを伝える。だが男は笑みを深くして、すっと腕を伸ばしてきた。

「…ひっ」

びっくりして咄嗟《とっさ》に振り払い、たまたまカウンターにあったフォークを掴んで相手に向けた。

「な、なんだよアンタ…っ」

男の不審な行動に、言葉が荒ぶってしまう。

歩に払われた手を不思議そうに見ていた男が顔を上げた。

「…あぁ、そうだな。いきなり失礼だった。あまりに好みなフェロモンだったから引き寄せられてしまった」

「…は?」

流暢《りゅうちょう》な日本語で意味不明な発言をする相手に、歩のこめかみがぴくっと引き攣った。

フォークを握りしめたままの歩を落ち着かせようとしてか、男がゆったりとした口調で話し出す。

「俺の名前は、エドヴァルド＝クリストファーセン・アーサー・リンデノフ。運命の相手に出逢うために七つの海のひとつ、碧の王国からきた」

なれない。

「…エド…アーサー？　七つの海…？」

やたら長い名前もだが、やはり何を言っているのかわからない。だが、訊き返す気にもなれない。

「とにかく出て行かないと…」

「俺の花嫁になってくれ」

これ以上居座るつもりなら警察を呼ぶ。そう警告しようとしたが、思いもよらないことを言われて目を瞠《みは》る。

「な…に言ってんだよ」

急に押し入って来てふざけたセリフを吐く相手に、歩の眉間に深いしわが寄る。

「碧の国の王太子、エドヴァルドだ」

威風堂々《いふうどうどう》とした佇まいだが、言っていることは理解に値しない。

歩はエドヴァルドにフォークの先を向けながら、手探りでスマートフォンを探す。しかし、そこにあると思っていたスマートフォンがない。在庫の確認をしながら業者と通話していたことを、はたと思い出した。バックヤードに置いたままだ。

「花嫁探しをしているのだが、娶《めと》りたい相手と出逢えていなかった。だが、やっと見つけた。俺の花嫁として国に来てほしい。おまえの名はなんという？　店の外の看板に、ソラモネと書いてあったがそれか？」

焦る歩をよそに、エドヴァルドが問うてくる。

警察に通報できない。腕っぷしに自信もない。なんとか穏便に出て行って貰う方法はないだろうか。

「こんなに惹かれるフェロモンを放つ牝《めす》に会うのは初めてだ。おまえに俺の子を産んでもらいたい」

「…なっ」

気を揉みながら必死に考える中、歩は耳を疑うセリフにぱっと顔を上げた。

「子を成すことは王となるものの義務だ。だが伴侶《はんりょ》くらい自分で決めたい」

信じられない発言に言葉を失っている歩を、エドヴァルドは至極真面目な表情で見返してくる。

意味はわからないが、どうやら歩に危害を加える気はないとわかって気が抜けた。

相手が近づいてこないと踏んだ歩は、フォークをテーブルに置いて、敵対心がないことをアピールした。

面倒だが店から出て行ってもらうためには、話をするしかない。

「え…と。なんかとんでもない勘違い…もしくは人違いをしているみたいだけど」

「勘違い、とは？」

　エドヴァルドが首を傾ける。

「まず、王とか花嫁とか。俺はアンタのことは知らないし、アンタが」

「エドヴァルド、だ。そう呼べ」

「エドヴァルド…？　…が何言ってんのか全然わからない。俺には関係ないっていうか、人違いだろ。それに牝がどうとか言っていたけど、俺のどこが牝…女に見えるってんだよ」

　歩は馬鹿馬鹿しいと思いながらも、両手を広げて自分が男だと訴える。

「あぁ、女には見えないぞ」

「…は？」

　だったらなぜ、と眉を寄せると、エドヴァルドはじっと歩の顔を見ながら腕を組んだ。

「勘違いでも人違いでもない。俺の花嫁候補となれる牝が陸にいるとわかったから来た。それがおまえだ。おまえは自分のことをわかっていないのか？」

　一層強まる困惑に、歩は顔を歪《ゆが》める。

「知らないなら知る必要がある。おまえは希少な男性体の両性で…」

「とにかく！　今日はもう閉店なんだ。出て行ってくれよ」

　埒《らち》があかないと、歩はエドヴァルドの言葉を遮《さえぎ》り、ドアを指差した。

「わかった。なら、名前だけでも教えてくれないか？」

「歩」

早く出て行ってほしくて、ぶっきらぼうな口調で名だけ口にする。

エドヴァルドがふわりと穏やかにほほ笑んだ。

「…っ」

「突然すまなかったな、歩。じゃあまた」

端整な相貌《そうぼう》に思わず見入ってしまった。歩は我に返ると、名残惜しそうにしながら踵《きびす》を返すエドヴァルドから顔を背けた。

ドアベルの音を残して、エドヴァルドの姿がドアの向こう側へと消えた。


翌日。歩はいつもと変わりなく珈琲を淹れていた。

ソラモネの営業時間は、朝八時から夕方五時。

酷い低血圧の歩は朝がつらい。頭痛と立ち眩みが強く、改善するまで時間を要する。医者で処方して貰った薬を服用しているが、劇的な効果はない。そんな理由で、四時頃に起床して準備にとりかかっている。

一日の中で一番忙しいのはランチタイムで、息つく暇もない。他にスタッフがいないので、軽食の調理から食後の珈琲、給仕のすべてを歩独りで賄《まかな》う必要があるからだ。

とはいえ、他の時間帯は満席になることはほぼないのでアルバイトを雇うほどの余裕はない。

歩が先代のマスターが経営していたこの店を初めて訪れたのは、小学生のときだ。凄く寒い日だった。

漁師だった父が幼い頃に亡くなり、女手一つで育ててくれていた母が珍しく休みがとれたと言って、歩を水族館に連れて行ってくれた。その帰り、降雪で電車が止まってしまったのだ。二人でぶるぶると震えながら歩いて帰っていた途中、明かりが点いているこのカフェを見つけ向かったけれど、あと少しのところでマスターがサインプレートを「close」に掛け替えた。

残念だけど仕方ない。引き返そうと母が歩の手を強く握った直後、マスターが自分たちに気付いて、にっこりと笑って店に入れてくれた。

そのときの暖かな店内と、ポテトオムレツとホットココアの優しい味はいまでもはっきり憶えている。

とある出来事がきっかけで、住み慣れた街を逃げるように離れ、ふたりきりでひっそりと暮らしていた中で見つけたソラモネは、歩と母にとって心休まる唯一の場所になった。温和で物静かなマスターの淹れる珈琲が、母のお気に入りだった。ほっと安心したような母の顔が見られるので、歩も嬉しかった。

いつしか歩は、母が好きな珈琲を自分も淹れたいと思うようになっていた。

高校生になり、少しでも家計を楽にさせたいということもあって、ソラモネでアルバイトをさせてもらうことになった。

マスターに珈琲の淹れ方を一から習い、母に「歩の珈琲が世界一美味しい」と言わせるには二年かかった。

だけどそれからすぐに母は亡くなってしまった。もともと身体が弱く、長年蓄積した疲労が原因という診断だった。

親戚づきあいがない歩は天涯《てんがい》孤独《こどく》になった。

これからどうすればいいのか。まだ学生だった歩にとって、まさに一寸先《いっすんさき》は闇だった。

そんな歩に、住み込みで働かないかとマスターが声を掛けてくれたのだ。

だが、店のことをひと通りできるようになった頃、持病が悪化してマスターも還らぬ人となってしまった。

マスターは孤独な人で、看取ったのは歩だった。

葬儀の翌日。歩は何をする気も起きなくて、店の椅子に座って放心していた。

そこへマスターが残した遺書と、自宅兼店の権利書を持った弁護士がやってきた。

遺書にはマスターの筆跡で、財産の全てを歩に譲るということが記されていた。

歩のかけがえのない恩人から、かけがえのない場所を譲り受けた。それが五年前のこと。歩が二十歳のときだ。

哀しみの中で、歩にできることは「ソラモネ」を続けていくことだと思った。

不安だらけだったが、他に思いつかなかった。そして無我夢中《むがむちゅう》で頑張った。

マスターがいなくなっても通ってくれる常連客はいた。だけどそれがいつまで続くかわからない。そう考えて、歩はメニューを増やしたり、営業時間の見直しをして店の改革を行った。

母と訪れていたときのように、客に心地好い時間を過ごして貰える場所でありたい。

日常の中の、日常とはほんの少し違うひとときを過ごせて貰えていれば嬉しい。

そう思って、歩はソラモネを開け続けた。

ランチタイムが過ぎて、客の出入りが落ち着いた時間。歩はカウンターの中で皿を拭きながら、昨日のことを思い出していた。

突然現れたハンサムな男性。やたらと長い名前だったと思うが、混乱していて「エドヴァルド」しか記憶にない。

海の王国から来たとか、フェロモンがどうとか。歩のことを「牝」呼ばわりし、花嫁になれだの子を産めだのと、好き勝手なことを言っていた。

「何分同じお皿を磨いているのよ」

定位置から聞こえた更紗の声に、歩はぱっと顔を上げた。火にかけていたケトルの蓋が蒸気でかたかたと鳴っている。

歩は気まずい気持ちで皿を棚へしまうと火を止めた。ケトルから茶葉を入れておいたティーポットに湯を注ぐ。

「珍しくぼんやりしてどうかしたの？」

首を傾げる更紗に、歩は「なんでもない」と答えた。

「そう？　それならいいけどね」

シフォンケーキを口に運ぶ更紗の前に、ティーポットとカップを置く。

先代のマスターがそうだったという理由で、つかず離れずの接客を心掛けている。初めて来店してくれた客でも気持ちよく過ごせるようにという理由からだが、内向的で人と密に接することが得意でない歩に合っていた。

「ありがとうございました」

会計を済ませて出ていく客と入れ違いで、男性が入ってきた。

昨日とは違うスーツを着ているが、紛れもなくエドヴァルドだった。

「…あ」

顔を強張らせる歩に、エドヴァルドはふっと口許を緩めた。

硬質な靴音を響かせて歩いてくると、躊躇《ちゅうちょ》なくカウンター席の左端の椅子を引いて座る。

「今日はまだ閉店じゃないよな」

また来ると思っていなかっただけに、すぐに返答できず視線を彷徨《さまよ》わせると、不思議そうな顔で歩とエドヴァルドを交互に見遣る更紗と目が合った。

歩は慌てて平静を装った。

「いらっしゃいませ。ご注文は…」

歩をじっと見詰めていたエドヴァルドが「あぁ」と、辺りを見回す。テーブル上のメニューに目を留めたが、なにか考える素振りで歩へと視線を戻した。

「歩のおすすめを」

「…それでは当店おすすめのブレンド珈琲を」

満足げに笑みを浮かべるエドヴァルドに背を向けて、豆を挽く。

店内には更紗のほかにも客がいる。昨日みたいにいきなり触れてきたり、意味不明な発言は流石にしないだろう。

サイフォンに火を入れると、エドヴァルドが興味津々《きょうみしんしん》といった具合に凝視してくる。

歩は妙な緊張感を覚えながら、手を動かした。

「ねぇ歩。今日のシフォンケーキ、すごく美味《おい》しい。いつも美味しいんだけどね、特にわたしの好みかも」

「えっ…、あ、あぁ、ありがとう」

「これ、シナモンかな？　レモン風味の生クリームも最高」

自慢の手作りケーキだ。歩は自然と笑顔になった。

黙っていたエドヴァルドが不意に口を開いた。

「失礼だが、君は歩とどういう関係なんだ？」

「何ってべつに。この店が好きで来ている客だけど？」

急になんだと、歩は目を瞠った。

更紗も目を丸くしつつ、きっぱりと言った。

「客。それだけか？」

「それ以外なにがあるっていうのよ」

「歩に好意を持っているように見受けられた」

「はぁ？　そんな変なことを聞くあなたこそ歩のなんなのよ」

「ちょ、ちょっと…」

ひやひやするやりとりに、歩が間に入ろうとしたとき。

「俺は歩を口説《くど》きにきた」

エドヴァルドが真剣な顔で言った。「えっ？」と、歩と更紗の驚きの声が重なる。

「昨日プロポーズをしたんだが、返事を貰えてなくてな」

「プロポーズぅ――？」

更紗の大きな声に、店内の客が一斉にこちらを見た。

歩は眩暈を覚えながら、顔を左右に振る。

「じょ、冗談に決まってるから、あんなの…」

「冗談だと？　俺は本気だ。俺の花嫁として相応しい相手はおまえだ」

エドヴァルドが堂々と言い切る。

「…う」

その勢いに、歩が声を詰まらせた直後、店内に明るい笑い声が響いた。更紗だ。さっきまでエドヴァルドを疑わしげに見ていた更紗が、おかしそうに肩を揺らしている。

「やるじゃん、歩。こんな金髪のイケメン捕まえていたとかさ。人は見かけで判断しちゃいけないいって本当ね」

黙っていると、あらぬ方向に話が傾いていく。

普段は各々の時間を楽しんでいる客たちも、物見高くこちらを見ている。

気まずい。歩は場の空気を変えるべく咳払いして、ミルからロートへ珈琲を移した。

「この人とは昨日初めて会ったんだ。なのにいきなり変なことばかり言ってきて…」

「昨日だからなんだ。何か問題があるか？」

「一目惚れってわけよね。恋に時間は関係ないんじゃない？」

更紗の意見に、エドヴァルドがうむと頷く。

「な、なに言ってるんだよ。ま、万が一そうだったとしても、俺は男なんだぞ。なのに花嫁だとかなんとかって変じゃないか」

「いまどき好きな相手の性別なんて関係ないよ」

「そ、それは…そうだけど…」

更紗は口が達者《たっしゃ》だ。言い返す言葉が見つからず、歩は口籠もった。

「俺の国でも同性婚は種の保存の観点からして認められていない。だが君の言う通り、愛に性の括《くく》りを設けるのは間違っていると思う」

「え？　だったら…」

　ではなぜ、同性相手にプロポーズをしたのか訊こうとしたが、来店客を知らせるドアベルが会話を中断させた。

「いらっしゃませ」

「ブレンド珈琲ね」

「はい」

　歩は居心地の悪さを感じながら注文に応じ、エドヴァルドの分の珈琲をカップに注ぐ。

　更紗は鳴った携帯電話を手にしたかと思えば急用ができたらしく、慌ただしく清算して出て行った。歩たちを注視していた客たちも、いつの間にか個々の時間に戻っている。

「…ブレンド珈琲です」

　エドヴァルドに珈琲を提供するが、なかなか飲もうとしない。

　どうしたのかと心中で首を傾げると、漸くカップを持ち上げて香りを嗅ぎ、そっと口をつけた。

　男らしく突き出た喉仏《のどぼとけ》が上下するのを、つい見つめてしまう。

　エドヴァルドがふっと息を吐いて口許を綻ばせた。

「…美味い。歩は職人だな」

「そ、そんなこと…」

ほほ笑んだ顔が美し過ぎて、歩はどきっとした。

珈琲には心魂《しんこん》を傾けている。褒《ほ》められて嬉しくないはずがない。でもほかの客に言われたときのように、すんなりと礼の言葉が出てこない。

「…ありがとう」

なぜか照れてしまい、目を背けて言った。

「良い店だな」

エドヴァルドが、おもむろに店内を見渡した。

落ち着いた声のトーンはむかつくほど美しい。

「先代から引き継いだ店だけど…俺も気に入ってる」

スモーキーなブルーの壁紙に、ブラウンとウォームグレーで統一されたテーブルと椅子。昨今スタイリッシュなセルフカフェが多くなっているが、ソラモネのようなレトロな雰囲気の店を好む客もいる。歩自身もそうだ。

「そうか」と言って、エドヴァルドが再びカップを口に運ぶ。

ハンサムで声も良くて気品もあって。こうして普通にしていれば絵になるのに。本当に残念だと、そう思った矢先。

「珈琲は最高だが、さっきからおまえのフェロモンに惹かれてどうしようもない」

歩は洗っていたグラスをシンクに落とした。グラスの底がステンレスにぶつかる鈍い音が響く。

「大丈夫か？」

立ち上がったエドヴァルドが、カウンター越しに歩の手許を覗き込んでくる。

歩はあんたのせいだろ、と言わんばかりに眉間にしわを寄せてエドヴァルドを一瞥《いちべつ》してから、グラスを確認する。

「大丈夫。割れてない」

「そうか。歩が怪我《けが》をしなくてよかった」

安心したとばかりにふっと息を吐いたエドヴァルドに、歩はグラスではなく、自分の心配をされたのだとわかった。

エドヴァルドは何もなかったように着席した。逆に歩は、落ち着かない気持ちになった。

母やマスター以外で、こんなふうに誰かに気遣われることはなかったからだ。

だけど胸の奥に温かさも感じている。久し振りの感覚に、心臓がドキドキとした。

珈琲を飲み干したエドヴァルドが、スーツの内ポケットから財布を取り出した。

「幾らだ？」

「あ…四百円です」

反射的に答えると、エドヴァルドが頷いて一万円札をテーブルの上に置いた。

「残りはチップだ」

歩はぎょっとして、慌ててレジを開け釣りを渡そうとした。だが、エドヴァルドは受け取らず席を立った。

「ちょっと待って…こんなの多すぎる」

「美味い珈琲の礼だ」

そう残して、店を出て行った。

歩は呆然とエドヴァルドを見送るしかなかった。

Ⅱ

ソラモネの休業日は月曜だ。

午前中、歩は店の奥の居住スペースでのんびり過ごした。

夕方になり、日用品を買いに出掛けた帰り道、どこからかはやし立てるような子どもの声が聞こえてきた。細い路地の奥に、数人の子どもがいた。小学校の低学年くらいの男児たちだ。一番小さい子を取り囲んで、口々に何か言っている。不穏《ふおん》な雰囲気に耳を澄ますと、馬鹿とかウザいとかの罵声《ばせい》が聞こえた。

いじめだろうか。その光景を見た歩の脳裏《のうり》に、嫌な記憶が浮かび上がった。

歩も一時期、同じような目に遭って引っ越した過去がある。それは歩が持っている不思議な能力のせいだった。

思い出したくない苦い記憶に顔が歪む。他の人たちのように、気づかなかったふりをしてこのまま通り過ぎてしまおうか。だが、歩は悪口を言われている子どもの気持ちが痛いほどわかる。

「…なんでこういう場面に出くわすかなぁ」

歩は、はぁとため息を吐いて、男児たちへ歩み寄る。

「キミたち何やってるの？」

声を掛けると、男児らが一斉に振り向いた。

「寄ってたかってひとりをいじめるとかさ、自分がされたらどう思う？　このあたりだと厚岸南小学校の生徒か？」

男児らは顔を見合わせた後、一勢に走り去っていった。

その場に残ったのは、いじめられていた子どもだけ。その子が座り込んだまま、怯《おび》えた目で歩を見上げてくる。

「みんな行ったよ」

ゆっくりと立ち上がった男児が、あっと声を上げてすぐに蹲《うずくま》った。男児は足首を押さえている。怪我をしたのだろうか。

歩は男児に近寄ると、荷物を傍らに置いて屈んだ。

「ちょっと見せて」

男児の靴下をずらすと、足首が少し腫れて赤くなっていた。どうやら捻挫《ねんざ》しているようだ。

「うぅ…痛いよぉ」

男児がぽろぽろと涙を零す。

幸い出血は見られない。これなら能力で治しても誤魔化《ごまか》せそうだ。

「大丈夫。お兄ちゃんさ、痛いのが消えちゃうおまじないを知ってるんだ」

歩は男児の患部《かんぶ》にそっと手のひらで触れた。

「すぐに終わるから、ちょっと目を瞑《つむ》っててくれるかな？」

男児が頷いて、きゅっと目を閉じた。

人目がないことを確認してから、歩は息を吐いて手のひらに意識を集中させる。『治れ』と念じると、患部が仄かに光り始めた。

歩は不思議な能力で、怪我を治癒させることができた。

これくらいの症状なら難なく治せる。

みるみる腫れが引いていった。

「はい、終わり。もういいよ」

痛くなくなったのだろう、目を開けた男児がきょとんとする。

子どもの手を引いて立たせると、服の汚れを払ってやる。近くに転がっていた鞄《かばん》を拾って渡した。

「気をつけて帰れよ」

「うん。ありがとう！」

涙を拭い、歩の横を駆けて行く小さな背を見送ろうと振り返った歩は、そこにエドヴァルドを見つけてぎょっとした。

なぜ彼がここに、まさか能力を使うところを見られたのではと、心臓が嫌な音をたてる。

「…なんで居るんだよ」

「店に行ったが休みだった。引き返す途中で歩の姿を見掛けて追いかけたからだ」

エドヴァルドが軽く肩を竦める。

偶然とはいえ、ありえなくもない。それよりエドヴァルドが何も訊いてこないことが、逆に落ち着かない。もし見られていたのなら、子どもと同じように適当なことを言って誤魔化せない。

いまの歩はもう大人だし、幼い頃のように中傷《ちゅうしょう》されても平気だ。そのはずなのに、エドヴァルドが口を開くのが怖い。だから自分から訊いてみることにした。

「…いまのなんだ…とか思わないのかよ」

「思わないな。母親譲りの能力だろ」

「…えっ？」

歩はさらっと言い放ったエドヴァルドに愕然《がくぜん》とした。

その顔を見て、エドヴァルドが奇異《きい》げに首を傾げる。

「おまえは自分が人魚で両性だということも、母親が呪医《じゅい》だったことも知らないんだな」

「呪医…って…?」

「呪いで病《やまい》や怪我を治す、謂《い》わば医者だ。おまえを迎えに行く前に調べたところ、歩の母親は腕のいい呪医だったらしい」

歩が予想していた斜め上の反応だ。それどころか、歩の母親まで妄想の巻き添えを食らっている。

人魚とか両性とか。信じられる話じゃない。

でも歩にも説明のつかない能力が備わっていることは事実だし、エドヴァルドは至って真面目《まじめ》な顔をしていて、一概に否定できなかった。

まだ半信半疑だが、話を聞いてみてもいいかもしれない。

「…ちょっと話がしたいんだけど…」

「あぁ。いいぞ」

エドヴァルドが頷いた。

「場所を変えよう」

立ち話するような内容ではない。歩は荷物を拾い上げると、近くにある公園に移動した。

普段は通り過ぎるだけの、そう広くない公園では、バドミントンをしている親子や、追いかけっこをしている子どもたちの姿があった。

歩とエドヴァルドは、隅のベンチに腰を下ろした。

「えっと、エドヴァルドだっけ。ごめん、エドでいいか？」

「あぁ」

「エドの話は全然信じてないんだけどさ…」

何からどう訊けばいいのか迷った挙句《あげく》、絞り出した言葉は酷いものだった。本音と言えばそうだが、言われた本人は腹を立ててもおかしくない。

だがエドヴァルドは、眉ひとつ動かさなかった。それどころか、なぜかうっすらと笑みを浮かべている。

「なんで笑っているんだよ」

「俺を信じないと言うヤツは初めてだからだ」

「それのどこが面白いんだ？」

「新鮮だ。それに歩とふたりきりだからな」

「ふ、ふたりきりじゃないだろ」

じっと顔を見つめて言われ、公園にいる他人を指差した。

エドヴァルドが面白くなさそうに、ふんっと鼻を鳴らした。

「それで歩は何を訊きたいんだ？　俺が知っていることなら話してやる」

そうだった。歩は仕切り直しとばかりに咳払いをしてから、ゆっくり口を開いた。

「子どもの怪我を治したのを見ても…驚かなかった。普通なら吃驚《びっくり》するはずなのに。それがなんでって思ったのと、母親譲りの能力って…どういうことかなって」

エドヴァルドが顎に手を遣り、ふむと頷く。

「普通というのが人間としての普通なら、俺は人間ではないからということになるな。人魚には歩と同様の能力を持つものはそう珍しくない。そもそも歩の母親の血筋は呪《まじな》いに長《た》けている家系だ。その血を受け継いだのだろう」

どう見ても人間なのに、人間ではないと言われてもと思う。話の内容もファンタジーだ。

「エドの話からすると、俺は人間の父と人魚の母の間に産まれた子ってことになるんだよな。それで母さんが人魚の国の呪医だった。その血を俺が引き継いだ…っていう」

そうだとエドヴァルドが頷いた。

「でも母さんは俺になにも言わなかったよ。自分が人魚だってことも、能力のことも…死ぬまで」

「言えなかったんじゃないか？　歩の母親は人間と恋に落ちて、呪術で人間の姿を手に入れて陸へ上がった。そうやって陸を選んだ者は罪人とみなされる。追放されて二度と海へは戻れない。自分も子どもも人間として、陸で暮らしていくしかないわけだからな。手紙とか形見とか…なにか心当たりはないか？」

訊かれて首を傾げる。

「…ペンダントがひとつ。でも母さんが着けているところを見たことがない。それにいまエドから聞いたことを母さんから聞かされていたとしても、俺は信じられなかったと思うけど…」

「歩がそう言うのも理解できないわけではない。歩の母が秘密にしていたのなら打ち明けるには勇気が要っただろうしな」

「…だとしても。…なんで俺にはこんな能力があるんだって、凄くつらかったのに…。母さんから受け継いだものだって言ってくれていたら、少しは楽な気持ちになれたかもしれないのに…」

思い出すと苦しくなって、歩は膝の上でぎゅっと手を握った。

「能力を疎《うと》んでいるようだがなぜだ？　素晴らしい能力なのに」

「素晴らしいもんか、こんなの…っ」

エドヴァルドが歩の背にそっと触れ、ゆっくり摩《さす》る。

ずっと胸の奥に留めていたものが込み上げてくる。喉の奥が焼けるようなそれを歩は吐き出した。

「…能力に気付いたのは、保育園のときだった。母さんが火傷《やけど》して、たまたま触れたら傷が治ったんだ。友だちの怪我を治したりもした…みんな驚いたけど感謝もされていたんだ」

いままで誰にも語ったことはなかった。歩自身信じられないことだが、堰《せき》を切ったかのように止まらない。

「…でも重い病気になった友だちがいて、その子の親に呼ばれて家に行ったんだけど…治せなかったんだ。どうすることもできなくて、結局その子は入院した。あと少し遅かったら命が危なかったって…責められた。それから周囲の態度が一変した。俺に向けられていた感謝が批難に変わっていって。住んでいた街にいられなくなった…理不尽だよな」

そこまで吐露《とろ》して、歩は唇を噛んだ。つらさと共に悔しさが蘇《よみがえ》ってきたからだ。

「だから力を使うことに抵抗があるんだな」

「…母さんの病気も治せなかった。肝心なときに役に立たない…こんな力、鬱陶《うっとう》しいだけだ」

「そうか？　痛がって泣いていた子どもが泣き止んだじゃないか」

「そう…だけど」

「嫌っている力で他人を助ける歩は優しいな。それに歩にとっては煩《わずら》わしくても、あの子どもを助けたことは事実だ。誇っていい」

頭をぽんぽんとされる。子ども扱いされる恥ずかしさに歩は真っ赤になった。

「お、俺の話はもういい。次はエドのことを教えてくれよ」

「俺のことか？　自己紹介はしたと思うが」

「人魚の国の王太子…だっけ」

エドヴァルドが頷く。

「だから俺の子を産ませる花嫁を探しているんだ」

「産ませる…って」

げんなりするが、気を取り直して話を続ける。

「そもそも陸へ上がった人魚は罪人なんだろ？　なのになんで陸に花嫁を探しに来るんだよ」

「占いで一年以内に婚姻を執り行わなければ世継ぎが産まれない、と出たからだ」

「占い？」

「王国には王家付きの占術師がいて、彼らの助言を無視することはできない。直近では、先々代の王が『娶れば王家に災《わざわ》いが降りかかる』という占いを無視して第三妃を迎え入れた結果、王子や姫が次々と病に伏せって亡くなる…なんてことが起きた。単に不幸が重なっただけではないかとも思うがな」

「そう…なんだ」

やはりファンタジーとしか思えない。でもエドヴァルドが真剣に話すので、歩は相槌を打つ。

不意にエドヴァルドがため息をついた。

「占われてからというもの、何人もの候補者に引き合わされたんだが…その誰にも興味が持てなかったんだ。そうこうしている内に期限まで三ヶ月となった。それで陸も含めて占いで候補者を探したんだ」

「そんなに誰とも気が合わなかったのか?」

「皆フェロモンの相性が悪かった」

「…フェロモン」

そういえばそんなことを言っていたなと思い出していると、腰に違和感を覚えた。見ると、エドヴァルドの手が添えられていた。

「ちょっ、どさくさに紛れて何…あっ」

払い除けようとする前に、エドヴァルドに引き寄せられた。エドヴァルドの高い鼻先が歩の耳の裏に触れた。

「ひっ」

「…やっぱりおまえのフェロモンは芳しい」

耳許での囁きに、歩はゾクッとしてエドヴァルドの胸を強く押した。

「ば、バカっ！　何やってんだ、こんな人前で…っ」

「人前？　だれもいないぞ」

「…へっ？」

言われて、熱くなった顔を周りに向ける。公園に居るのは自分たちだけだった。話している内に皆帰ったようだ。

「人前じゃないからいいか？」

期待を込めた目で、じっと見つめられる。

「い…いいわけないだろ。だいたいフェロモンがどうとか以前に俺は男だ」

即答にエドヴァルドがため息をついて、歩の腰から手を離した。

「おまえは牝だと言っても信じないから、ちゃんと説明してやる。牝というのは、両性のことだ。ただの女性を牝とは言わない。両性には女性体と男性体があって、外見こそ女と男だが、生殖器はどちらの性も備わっている。女性体のペニスは目立たないし、男性体にヴァギナはなく、アナルの奥が子宮に繋がっている。どちらも男としての機能は幼少時に去勢されるがな」

歩は生々しい話に眉をひそめる。

「男の機能もあるのに、本人の意思関係なく強制的に牝にされるのかよ」

「産まれにくい両性は特別な存在だ。女性体は女性より健全で丈夫な子を産むし、男性体は妊娠こそしづらいが、高確率で男児を産む。だから、両性の多くは貴族の養子となって教育を受け、王族や他国の権力者に嫁ぐことになる」

「…そんなの都合よく扱われているだけじゃないか」

「両性の発情期は自分でコントロールできないんだ。ちゃんとした管理の下で護らないと、男を誘うフェロモンをところ構わずばら撒いて…不幸なことが起こる」

「不幸なこと…」

訊かなくても想像はつく。

護られなければ襲われて、護られても政略結婚させられる。どちらにせよ、幸せではない気がする。

エドヴァルドに言わせれば、歩も両性とのこと。外見は完全に男だから、男性体の両性ということになるのだろうが、自分の体に子宮があるなんて信じられない。

「歩は何才なんだ？」

「二十五だけど？」

エドヴァルドは一瞬目を見開いてから、愉快そうに口許を緩めた。

「俺よりふたつ年上というのも驚いたが、二十五才でまだ発情期が来ていないとは。人間とのハーフだからか、周りに男の人魚がいなかったからか…」

歩もエドヴァルドが年下ということに驚く。

だがそれよりも、くくっと肩を揺らして笑われてカチンときた。見た目年齢が若いことは自分でもわかっているから尚更に。

帰ろうと立ち上がったが、その腕をエドヴァルドに掴まれた。

「離せ。もう帰る！」

「笑って悪かった。まだ歩と居たいから行かないでくれ」

「…う」

素直に謝られると、それ以上怒れなくなる。

歩が大きなため息をついて、ベンチに座り直すと手が離された。

「跡継ぎを作ることは王となる者の定めだ。そこは俺も拒否しない。だが気の進まない相手と結婚する気はないんだ。俺は歩を伴侶にしたい。俺は歩が気に入った」

「俺が、じゃなくて、フェロモンを気に入ったんだろ」

「フェロモンは重要な決め手だ。でもそれだけじゃない」

すっと長い指が伸びて来て、避ける間もなく顎を掴まれた。エドヴァルドの方へ顔を向けられる。

「…なっ」

眼前に端麗《たんれい》な顔が寄せられる。

近い。透き通った碧眼でじっと直視されると、全身に緊張が走って動けなくなった。

「宵闇のような瞳と髪は見ていると心が和らぐ…」

指の背で頬を撫でられる。まるで催眠術にでもかかったかのように、歩は瞬きを忘れてエドヴァルドの顔に見入ってしまう。

「おまえは俺の花嫁になって、俺の子を…産め」

低音での命令に、ドクンと心臓が大きく跳ねた。

視線を合わせたまま、エドヴァルドの高い鼻先が歩の鼻先に触れ、吐息が唇を掠《かす》めた瞬間。歩はハッと息を呑んだ。

慌てて上半身を後ろへ反らし、エドヴァルドの手を掴んで解いた。

「お、俺を子どもを産む道具みたいに言うな」

「道具とは言っていない」

「同じことだ」

「では何と言えばいいんだ？　俺の伴侶になって子を産んでくれと頼めばいいのか？　傲《ごう》慢《まん》だな」

「傲慢なのはどっちだ」

自分のことを棚上げにする相手を睨《にら》む。歩は怒っているのに、なぜかエドヴァルドは楽しそうだ。

歩は苛立つまま立ち上がった。

「おい」

エドヴァルドの呼びかけを無視して、足早に公園をあとにした。


次の日は雨になった。

雨だと買いものに出掛けるのも億劫《おっくう》になるのだろう、商店街の人出は減る。

ソラモネのランチタイムもまったりとしていた。

それが歩には幸いだった。エドヴァルドのせいでよく眠れなかったばかりか、今朝は低血圧の症状に加えて熱っぽさも感じたからだ。

体温計で測ってみたが熱はなかったので、通常通り開店したが辛い。

午後二時過ぎ。歩はランチメニューの看板を下げに店先に出た。

「よく降るわねぇ」

声を掛けてきたのは近所でガラス細工屋を営んでいる山本《やまもと》婦人だ。週に二、三度訪れてくれる。

「山本さん、こんにちは。ええ本当に。あ、傘お預かりしますね」

「ありがとう」

傘を受け取って傘立てに入れる。

山本婦人は席に着くと、持ってきた本を開いた。注文はとらなくてもわかっている。歩は本日のおすすめケーキとミルクティーを用意し、テーブルに運んだ。

今日は一組を除いて客はおひとりさまばかりで、いつにも増して店内は静かだ。

店内に流れるスローテンポなジャズと雨音のハーモニーが、幾分か頭痛を和らげてくれている。好きな珈琲の香りに包まれる時間は、歩にとってかけがえのないもの。自分の居場所はここだと思えて、ささやかな幸せを感じる。

しかしそんな時間は、ドアベルの音とともに吹き飛んだ。

「いらっしゃいま…」

カウンターテーブルを拭いていた歩の目に飛び込んできたのは、真っ赤な薔薇《ばら》。

見たこともない大きな花束を抱えて入ってきたのは、エドヴァルドだった。白いポロシャツに薄いブルーのサマージャケット姿が様になっている。

目が合うと、エドヴァルドがゆったりとほほ笑んで歩み寄ってきた。

「仲直りがしたい」

そう言って、両手で花束を差し出す。

「…え？」

「歩の反応が新鮮で身勝手なことをしてしまった。歩の機嫌を損ねることが本意じゃないから謝りにきた。いろいろ調べていたら、陸では贈る薔薇の数で気持ちを表せることを知ったんだ。だから百八本の薔薇を歩に贈りたい」

唐突な行動のわけはわかった。でも素直にありがとうと受け取れるはずがない。女性なら感激して機嫌を直すかもしれないが、生憎《あいにく》、歩は男だ。

仏頂面《ぶっちょうづら》で、花束とエドヴァルドの顔を交互に見遣る。

「あらまぁ」

山本婦人の声に、歩とエドヴァルドが同時に彼女を見た。

エドヴァルドはなんだというふうに。歩はなんともいえない気持ちになって。

「お話に割り込んでごめんなさいねぇ。でもね、ハンサムさん。仲直りの薔薇は十五本よ」

「…そうなのか。ご婦人、教えてくれて感謝する」

エドヴァルドが残念そうに花束を見下ろす。

「…すまない歩」

謝られても、と思う。だけどしょんぼりと肩を落とすエドヴァルドが気の毒に思えた。

歩ははぁと息を吐くと、彼の手から花束を奪った。

「知らない人は多いと思うよ。俺も知らなかったし。山本さんのように物知りだったり、ロマンチストな人くらいじゃないか？」

雨粒のついた花弁に鼻先を寄せると、瑞々《みずみず》しい薔薇の香りが鼻腔《びこう》をくすぐった。

「これは折角《せっかく》だから…貰っておくよ」

照れ隠しでそう言いつつ、バックヤードに花瓶があったなと思い出す。

エドヴァルドがジャケットを脱いで椅子の背に掛けた。

着やせするタイプなのだろう。半袖から覗く腕の男らしさについ視線が奪われそうになって、歩は慌てて目を逸らした。

「…ブレンドでいい？」

「あぁ」

男なのに花を贈られても嬉しくない。だけど歩と仲直りしたくて調べたのだと思うと、悪い気はしない。

二人組の客が席を立った。そのうちの一人が歩に声をかける。

「コイツの分もワシのチケットで」

「わかりました。ありがとうございました」

「歩、あのご老人、代金を払っていないぞ」

「いいんだよ」

歩はカウンター横の柱に掛けてあるコルクボードを指差し、貼ってあるドリンクチケットを二枚切り離した。

「このチケットがお金の代わりになるんだ」

「金の代わり？　彼は特別な人間なのか？」

エドヴァルドが不可解《ふかかい》そうに首を傾ける。

「そうじゃなくて、前払いでこのチケットを買って貰っているんだよ」

「そういうシステムがあるということか」

「そういうこと」

説明すると、すんなり納得した。エドヴァルドがいると、いままでなかった説明の手間がかかる。歩は内心でため息をついた。

まるで欲しい玩具《おもちゃ》を眺めるような目でドリンクチケットを眺めているエドヴァルドの前に珈琲を置く。

「あぁ。いい香りだ。歩の淹れる珈琲は世界一だな」

珈琲に口をつけて破顔するエドヴァルドに、歩は目を見開いた。初めて母親がそう言ったときのことを思い出したからだ。瞬時に、あのときの嬉しかった気持ちが蘇った。

歩はふと思いついて、マジックを手にした。新しいドリンクチケットに「エド」と書く。

それをコルクボードに貼ると、エドヴァルドが目を瞬かせた。

「…この前、代金を多く貰い過ぎたから」

今日の分の一枚を切り離しながら言うと、わかりやすく嬉しそうな顔をした。

その素直な笑顔に、歩は不覚にもときめいた。

じっと見つめてしまっていると、エドヴァルドがこちらを見た。目が合ったその瞬間、歩の視界がぐにゃりと歪んだ。

「あっ…」

「歩？」

咄嗟に壁に手をついて、倒れそうになった身体を支える。

「大丈夫か？」

心配そうな声に、歩は慌てて顔を上げた。

衝立《ついたて》でほかの客の目からは死角になったようだ。だれもこちらを気にしておらず、歩はほっとする。

幸いすぐに眩暈は治まった。静かに深呼吸をして、ゆるゆるとかぶりを振った。少し動悸がするが、すぐに鎮まるだろう。

「きっと低血圧の眩暈だよ」

「それなら良いが、無理はするな」

歩は頷くと、花瓶を取りにバックヤードに向かった。エドヴァルドに貰った薔薇を分けて花瓶に活け、窓辺や座席テーブルに置いた。店内が真紅の薔薇で華やかになった。

偶然余った十五本の薔薇は、自室のリビングに飾ることにした。

作業が終わったタイミングで山本婦人が席を立つのが見えたので、レジ前へ移動する。

「ごちそうさま。アールグレイのシフォンケーキも美味しかったわ」

「ありがとうございます」

歩は代金を受け取ると、預かっていた傘を手渡す。

「ありがとう。あぁそうだわ、ハンサムさん」

山本婦人の呼びかけに、「俺か？」とエドヴァルドが振り向いた。

「百八本の薔薇の意味はね、『結婚してください』よ」

にっこりと笑う山本婦人に、ふたりして目を丸くする。

「ふふ。がんばってね」

山本婦人が店を出て行ったあと、歩とエドヴァルドは顔を見合わせた。

「結婚してください、か。むしろそっちの意味でもいいぞ」

「調子に乗るな」

あからさまに嫌な顔をすると、エドヴァルドが笑った。

その後も雨は降り続き、客足が伸びることはなかった。

ふと時計で時間を確認すると、五時を回っていた。閉店時間を過ぎていることに気づかなかった。

エドヴァルドのカップには、二杯目の珈琲がまだ残っている。

閉店時間を過ぎても居るのは珍しいなと思いつつ、歩はサインプレートを「close」に掛け替え、カウンター内を片づけ始める。水切りかごの食器を布で丁寧に拭いて、一時的に背後のオープンラックに置いていく。すぐに食器棚に収納してしまうと、熱がこもってしまうからだ。

最後のカップを置こうとして、手許が二重に見えた。

「あっ…」

床に落としてしまったカップが、けたたましい音をたてて割れる。

やってしまった。歩はしゃがんで割れたカップの破片を拾うが、また眩暈が起こって、すぐに立ち上がれない。顔が熱い。息苦しさも感じてきて、無意識にシャツの胸元を握る。

いつもの低血圧の症状じゃない。そう思ったとき、磨き上げられた革靴が視界に入った。

のろりと顔を持ち上げると、エドヴァルドが歩を見下ろしていた。

「…中に入ってくるなよ」

そう言ったのに、エドヴァルドはすっと身を屈めた。

「…うっ」

エドヴァルドとの距離が近づくと、心拍数が上がった。

はぁはぁと呼吸を荒げる歩の顔を、エドヴァルドが覗き込んでくる。

「発情だな」

「…は？」

「歩は俺のフェロモンに反応している」

「フェ…ロモンとかじゃない。俺は低血圧なんだ。それが今日は酷いだけだ」

歩は首を横に振って否定する。発情期なんてない。あるわけがない。

「ふぅん」

納得したとは思えない声を出して、エドヴァルドが歩の頬に触れてくる。

「触んなっ…て…あっ」

払い除けようとしたが、頬から首筋へと撫で下ろされると甘い痺《しび》れが走る。

歩をじっと見つめる碧眼が、次の瞬間、黄金色に変わった。すると顔だけでなく全身が熱を帯びた。

「…あ」

「大丈夫だ。俺が傍にいるから」

優しい言葉とともに抱き締められる。

逞《たくま》しい腕に包まれて、とんとんと宥めるように背中を叩かれると、喜びが込み上げてくる。

おかしい。こんなふうに男に抱擁されて、嫌じゃないのが信じられない。

エドヴァルドの指先が背骨を伝い下りた。

「はあっ…んぅ」

自分の口から出たものとは思えない女々しい声に驚いて、歩は片手で口を押さえた。

いまはちょっとしたことも刺激になるようだ。甘い疼きが全身に広がっていく感覚に、ふるりと肩先が揺れる。

まさか本当にフェロモンに反応して発情しているのだろうか。だとすれば、エドヴァルドと密着しているのはまずいのではないか。

でもエドヴァルドが無理強いする気配はない。ただ心配してくれているだけだ。

歩は身体の熱を逃がすように、大きく息を吐いた。

「…頼みがあるんだけど」

「なんだ?」

「肩を貸してほしい。…店の奥の部屋に連れていって…」

カウンターの突き当りにあるドアを視線で示す。

「お安い御用だ」

エドヴァルドが頷いて立ち上がると、歩の両膝の裏と背に腕が回され持ち上げられた。

「…わっ?」

軽々と抱き上げられて、歩は目を見開いた。

肩を貸してくれるだけでよかったのに。女のような扱いをされてもやっとする。けれど抗う余裕はなかった。そのまま横抱きで運ばれる。

ドアの奥には手狭なＬＤＫがある。エドヴァルドは立ち止まって部屋を見回した。

寝室のドアは眠るとき以外、いつも開けたままにしてある。開いたドアの向こうにベッドが見えるはず。

顔をそちらに向けると、意図が伝わったのか、エドヴァルドは寝室へ足を向けた。

ゆっくりとベッドへ下ろされる。それでほっとするかと思いきや、エドヴァルドの腕が離れた途端、無性に落ち着かなくなった。上掛けを掛けてくれようとしたエドヴァルドの手を思わず掴んでしまう。

「…どうした?」

「ごめ…俺その…ごめん」

離れないで欲しくて手を離せない。そんな自分自身に動揺する。そろ、と見上げると、エドヴァルドの双眸がじわりと眇められた。

「…あ」

視線がぶつかった瞬間、胸が苦しくなった。身体が火照《ほて》る。心臓の音が煩《うるさ》い。

視界がぼんやりとしてくる中、エドヴァルドの顔が近づき、唇を塞がれる。

キスされている…。

唇に感じる温かさが、エドヴァルドの体温だとわかっても、歩は硬直したまま動けない。

押しつけるだけだった唇が、歩の唇を柔く食《は》む。

男にキスされているのに、なぜか気持ち悪いと思わない。むしろ熱い舌先で上下の唇の境をなぞられると受け入れたくなった。

歩は自《みずか》ら唇を開いてしまう。

「…いい子だ」

エドヴァルドが囁く。ゆっくりと舌先が口内へ差し込まれた。

「んん…ぅ…ふうっ」

舌が勝手にエドヴァルドを求めて動く。それに応えるように、エドヴァルドが歩の舌を絡めとった。すり合わせては、ちゅっと音をたてて吸いつく。

エドヴァルドとのキスが気持ちよくて、全身の強張りが解けていく。

ギシ、とベッドが軋む音がした。唇を重ねたまま、エドヴァルドがベッドに乗り上がってくる。

エドヴァルドは歩のエプロンの紐を解いて、ベッド横の椅子に置いた。

そうしてシャツの上から胸に触れてくる。長い指先が歩の胸の突起を掠めた。

「あっ…」

知らない快感に、歩の理性が呼び戻される。どうしてエドヴァルドとこんなことをしているのか。

「感度が良いな。もっと試してみようか」

「え…待っ…あうっ……！」

突如《とつじょ》襲った強い刺激に、歩は大きく胸を反らした。

胸もとに目を遣れば、エドヴァルドがシャツの上から突起に口づけていた。ちゅっ、ちゅ、と音をたてて吸われ、顔が上気する。

執拗《しつよう》に吸ったり甘噛みされて鮮明になっていく快感に、自然に腰が揺らぎだす。

「あ…あ…ぁぁ。はっ…ぁん」

「歩」

名を呼ばれて潤んだ瞳を向けると、硬く尖った乳首がシャツを押し上げているのが見えた。充血して赤くなっている乳首がうっすらと透けていて卑猥《ひわい》だ。

「…やっ」

歩が顔を背ける前に、見せつけるように舌先で尖りを舐められた。

「んっ、ふっ…」

次第に下腹部が張り詰めていくのがわかる。

エドヴァルドがシャツのボタンに手を掛けた。

「…あ、だめ…」

歩は抵抗とは程遠い力で、エドヴァルドの手を掴んだ。

彼の手がぴたりと止まった。

「駄目なのか?」

あくまで無理強いはしないということだろう。

歩は首を縦にも横にも触れない。頭では懸命に駄目だと抗っているのに、身体はエドヴァルドの愛撫を求めている。

自分がふたりいるようで混乱する。

「もう…俺、どうなって…るんだよ…、あっ」

エドヴァルドが歩の手を掬い取り、その指先にキスをした。

「苦しいなら、俺が鎮めてやる」

熱を孕《はら》んだ声が鼓膜に響く。

そんな声にまで身悶《みもだ》えてしまう。否が応にも情欲を自覚させられる。

エドヴァルドに任せれば、このどうしようもない疼きが治まるのだろうか。ふわりと、エドヴァルドからいい香りがして、そんな淫らな考えに拍車《はくしゃ》がかかる。

歩は、こくんと喉を鳴らして唇を開いた。

「…お願い。どうにか…して」

ごく僅かな間のあと、「わかった」と聞こえた。

シャツのボタンが外され脱がされる。

歩の望みに応えるように、焦らすことなく胸にキスが落ち、尖りを舌先で愛撫される。

「…んっ…ぅ…あぁ…」

自分の甘ったるい声が恥ずかしい。

堪えようと唇を噛み締めるが、強く吸われると脆《もろ》くも解けて喘いでしまう。

甘噛みしながら先端を舌先で弾かれ、もう片側は指で捏ねては指先で押し潰される。

「あっ、あっ…」

欲しかった快感を与えられて、歩は身を捩らせた。

エドヴァルドが歩のボトムのホックを外して前を寛げる。

下着の上から膨らみを撫でられると濡れた淫らな音が聞こえた。

感覚で勃っていることはわかっていた。でもまさか先走りを漏らすほどとは思わず、首から上がかあっと熱くなる。

「…恥ずかしい」

「気持ちいいのは恥ずかしいことじゃない」

そうじゃない。男に触れられて勃起し、濡らしてしまっていることが恥ずかしいのだ。

うぅと唸って両手で顔を覆うが、エドヴァルドは意に介さず下着ごとボトムを脱がした。

「…っ」

興奮状態の性器を他人の目に晒《さら》しているなんて。いたたまれなさで胸がいっぱいになる。

だけどそんな思いとは裏腹に、視線に反応してヒクヒクと震えて蜜が溢れる。

「歩…かわいい」

耳もとで囁かれると、ぞくぞくする。

エドヴァルドの熱い手のひらに性器が包まれると、一気に性感が増した。先走りを塗り広げるようにゆっくりと扱かれ、熱いため息が零れ出る。

自分の手で触るよりずっといい。腰が蕩《とろ》けそうだ。くちゅくちゅと淫猥な音が耳をくすぐる。

このままイきたい。もっと。もっと擦ってと、歩は淫らに腰を揺らめかせる。

だが無情にもエドヴァルドの手はそこから離れた。

「…えっ…?」

期待が外れて情けない声が出た。

衣擦《きぬず》れの音に顔を隠していた手を退《ど》けると、エドヴァルドが上半身裸になっていた。男性的且《か》つ美しい筋肉がついた体躯に、歩の心臓が跳ねあがる。自然と下へと視線を向けてしまい、寛げられたそこを目にしてぱっと逸らす。

エドヴァルドも興奮している。そう知ると、なぜか下腹部がズクンと疼いた。

「…最初だからここで気持ち良くなるのもしようがないな。でも歩の身体にはもっと気持ち良くなる場所があるのを教えてやる」

そう言って、エドヴァルドが再び歩の性器を握る。

歩はどういう意味かと疑問に思うが、すぐに快感に流されてしまう。根もとから括れまでゆるゆると扱かれながら、啄《ついば》むようなキスを身体のあちこちに受ける。

「あっ、ああっ…ン、んんっ、はっ」

今度こそイきそうで、あられのない声が溢れる。

みっともなくて手の甲で口を押さえようとするが、その前にキスで口を塞がれた。

「ン…っふ…んっ、んん――っ」

口を塞がれたまま、絶頂へと追い詰められる。

「…あ、ううっ…ん、はうっ！」

歩はぶるぶると下半身を震わせ、びゅくっと先端から白濁を飛ばした。

エドヴァルドの顔が離れる。

「はあっ、はぁ……——っく。んっ、ぅ……」

苦しい呼吸の中、腰を揺らして吐精する。

その様子をじっと見られる。やるせない。でもこれで終わったと思えば我慢できる。終わった…はずなのになぜか、吐精しても下腹部の疼きが一向に鎮まらない。

エドヴァルドが歩の放った白濁を指で掬い取った。

「…え？」

指先が会陰をなぞり、その奥の窄《すぼ》まりを押す。

「あ…そ、そんなとこ…っ、んんっ」

「…吸いついてくる。気持ちよさそうだな」

「き、もちいいとかそんな…のっ…あうっ」

否定しようとするが、撫でられるとそこがひくつくのがわかる。

エドヴァルドの指が慎重に挿入されていく。軽い圧迫感があるが、それより尾てい骨から背筋へと這い上がるゾクゾク感が勝る。

「んっは…あ、あぁ…っん！」

長い指でくるりと中を掻き回したり、腹側の肉壁を押されると嬌声《きょうせい》があがってしまう。

一度萎えた性器が、後孔への刺激で首を擡《もた》げ始めた。

「やっ…エドなにしっ…んあぁあっ…！」

何かを探すように動いていた指先がある一点を掠めたとき、強烈な快感がわきあがった。

「ここは…男の性感帯だ。もう少し奥にある牝の性感帯は、ここと比べものにならないほどいいらしいぞ」

なにを言っているのかよくわからない。いや、快感に飲まれて考えられないというのが正しい。

ひと際感じるところを指の腹で撫でたり押したりされると、尿意にも似た射精感がわき上がってきて、ぶるぶると両膝が震える。

「あっ、ああ…ん、あふっ…」

受け止めきれない快感におかしくなりそうだ。だが射精に至るにはまだ足りなくてもどかしい。

「歩…イきたいか?」

耳許で訊かれて、正直に首を縦に振った。

「もっと…気持ちよくなりたいか?」

頷く。

「イきたい。イ…かせてほし…」

みっともなく腰を揺らしてエドヴァルドにねだる。恥ずかしさが消えたわけではないが、それよりいまはイきたくて仕方がない。

指が二本に増やされ、男の性感帯を揉み込むように刺激されて下半身が蕩けていく。

じわ、と中が湿る感覚がした。

「ちゃんと濡れてえらいな歩」

歩は男だ。濡れるはずがない。そう思うが、反論する余裕などない。

不意に中から指が抜かれた。

「…へ…あっ…？」

なぜと見上げると、情欲に満ちた顔で見返された。

両足の間にエドヴァルドが身体を割り入れてくる。胸がぴたりと合わさる。

「牝のイイ場所は、指では触れられないからな」

顔を寄せて言い、腰を押しつけてくる。

つい先ほどまで指が挿入されていた場所に、熱く硬いものが当たった。それがなんであるのかわかって身体が強張る。

歩の窄まりに先端を宛がいながら、エドヴァルドが腰を軽く揺らした。

「あっ、あぁっ」

甘ったるい快感が走って声が出てしまう。

男のもので尻孔を突かれて、気持ちよくなってしまうなんて。ありえないのに、中が疼いて挿入《い》れてほしくて堪らなくなる。

「うぅ…もう…」

「もう?」

挿入《はい》りそうで挿入らない。焦らすのはもう勘弁してほしい。歩は快感で潤んだ目をエドヴァルドに向けた。

「もう…挿入れ…て」

いったい自分はどうしてしまったのか。気が触れたのか。淫乱なのか。いままで考えたこともないセリフを口にする。それくらい歩は切羽詰《せっぱつ》まっていた。

エドヴァルドが眦《まなじり》を緩め、熱い猛りで入り口を開くと、くちゅと濡れた音が聞こえた。

「ひっ…あ」

指とは比較にならない質量に、じわじわと身体が開かれていく。

エドヴァルドは歩のしなやかな身体を抱き締めて、ゆっくり、ゆっくりと奥まで突き入れる。

「んああっ…！」

圧倒的な存在感に、歩は思わず目の前の身体に抱き着いてしまう。

エドヴァルドがその背を宥めるように撫でる。そしてなじませるように、ゆっくりと腰を押し引きさせ始めた。

「あっ…あ…ン、んっ」

「…んっ」

肉壁の締めつけに、エドヴァルドが小さく呻いて口角を上げた。

次の瞬間、深みを穿《うが》たれた。

「ふっ、ああ…ああ――っ」

腰が砕けてしまいそうな衝撃に、歩は大きく目を見開いた。

エドヴァルドの腰がゆっくり引かれる。熱い肉塊が退き、抜けてしまう寸前で一気にまた奥を抉《えぐ》られる。

それを何度か繰り返したあと、不意に穿つ角度が変わった。

歩は、ひゅっと息を呑む。酷く感じてしまうところの奥。そこを大きく張ったエラで擦られると、強烈な快感が背骨を這い上がって脳まで痺れさせる。

「…――は…ッ…。あ…あ、あぁ…はっ、はあっ」

経験したことのない官能に、呼吸が乱れる。

そこを集中的に突かれれば、内側から溶けてしまいそうな感覚に陥ってしまう。

「ここが歩の牝の部分だ。どうだ…気持ちいいだろう?」

気持ちいいなんてもんじゃない。

感じすぎて、身体がバラバラになってしまうのではないかと怖くなる。

「…やっ、む、り…っ、こんなの無理…ぃ、ひぃぃっ…」

喘ぎながら、顔を左右に振る。エドヴァルドの背を抱きしめる手に力が入る。

「無理じゃない。おまえは…俺の牝だ」

「エド…の、んっ…う。ひゃ…あ、ん」

エドヴァルドに「牝の部分」を、何度も何度も押し上げられる。

彼が腰を押し引きさせる度に、水音が大きくなっていく。

自分の身体はどうなってしまっているのだろう。どこもかしこもとろとろに蕩けてしまっていることしかわからない。喘ぎ過ぎて、きっと顔もだらしなくなっている。

せめてそんな顔を隠したくて、歩はエドヴァルドの首筋に額を擦りつけた。

エドヴァルドがぴたりと動きを止めた。歩の中で質量が増すのを感じる。

「…うっ、ンンっ」

中を押し広げられて呻くと、髪に口づけられた。

「…そんなことをされるともっと責めたくなる。堪らなくなれば俺の首でも肩でも咬めばいい」

そう言うと、エドヴァルドの動きが激しくなった。熱く張り詰めたもので中を余すことなく掻き回す。

「あぅ…んっあっ、…あぁ…ん、あふっ…いやっ、またイク…ッ、イクっ」

迫る絶頂に、腰がガクガクと震える。

「いいぞ…イけ」

低い声で放ち、耳朶《じだ》を甘く咬まれる。

「ふうっ…んうっ、ああっ！」

歩はエドヴァルドの背にしがみついて極めた。

でも達した余韻《よいん》に浸っている暇などない。容赦《ようしゃ》なく腰を使われ、揺さぶられた。

「はあ…っ…あぁ…ン、あっ、待っ…まだっ、まだイって…」

「…待たない。次は俺の番…だ。たっぷりと…種付けしてやる」

歩は女じゃない。そしてゲイでもない。

そう断言できるのに、下腹がじんじんと疼く。このまま中に出して貰えたら、どんなに満たされるだろうかと考えてしまって、慌てて首を横に振った。

歩は性欲に抗って、エドヴァルドの胸を押した。

「い…やだ、中…は。それだけは…やめて。お願いエド…」

ふるふると首を横に振る。喘ぎ続けて声は掠れてしまっている。

「…っ…」

エドヴァルドが眉を顰《ひそ》め、勢いよく腰を引いて中から退くと、歩の腹の上に放った。

それを見届け、ほっとした歩の身体から力が抜けた。同時に疲労感と、酷い眠気が襲ってくる。

「…おまえは絶対に俺の花嫁にする」

エドヴァルドがなにか言っているが、理解する前に歩の意識がプツリと途切れた。


寝返りを打とうとして、歩は腰の鈍痛で目を醒ました。

「…つぅ」

ぼんやりした視界を瞬きでクリアにする。フロアスタンドの明かりが、見慣れた部屋を照らし出していた。

窓の外はまだ暗い。いま何時だろうか。歩はベッドヘッドの時計を見ようと、ゆっくり上半身を起こした。そのとき、微かに漂うほんのり甘いムスクの香りに気づき固まった。

エドヴァルドの香水の匂いだ。その匂いがエドヴァルドとしてしまったことを強制的に思い出させて、頭から血の気が引いた。

肌はきれいになっていて、情事の痕跡は残っていない。意識を手放したあと、エドヴァルドが拭ったのだろうか。

男に抱かれた。しかも気持ちよさに負けて、恥ずかしいことをたくさん言った憶えがある。思い出すほどに気落ちしてため息が出た。

「起きたのか」

不意に張りのある声が静寂を破った。

歩が弾かれたように振り向くと、開いたままのドアから上半身裸のエドヴァルドが入ってきた。肩に掛けたタオルで金色の髪を拭いながら、ベッドへ近づいてくる。

「シャワーを借りた。あぁ、タオルも。俺の国のものと違うから、湯を出すのにひと苦労した」

呆然として声も出せない歩に向かってそう言い、ベッド横の椅子に腰を下ろした。

なんだこれは。悪夢でも見ているのだろうか。男に抱かれただけでなく、目醒めたベッドから自分を抱いた男の風呂上がりシーンを見るなんて。

「…なんでまだいるんだよ」

「こんな真夜中に、鍵をかけないまま出て行けないだろ」

エドヴァルドが店のほうを指差す。

街の治安は悪くないとはいえ、万一の事態を思うと、エドヴァルドの言うことに納得せざるを得ない。

「どこか痛いところはないか？　さっき確認したときには切れたりはしていなかったが…」

「切…っとか、言うな！」

ぎょっとして、咄嗟にエドヴァルドの言葉を遮った。だが大声を出した拍子に、つきりと腰が痛んで前屈みになる。

「大丈夫か？」

「…大丈夫だ」

エドヴァルドを急いで制した。込み上げる羞恥《しゅうち》で顔が熱くなる。

意識的に深い呼吸をして顔を上げた。

エドヴァルドが心配げにこちらを見つめている。

唐突に、エドヴァルドの瞳が黄金色に変わったことを思い出した。だがいまはいつもの碧眼だ。見間違いだったのだろうか。

「どうした？　足りないならもう一度抱いてやるぞ」

「…ッ」

思案しているとそう言われ、歩の頬が引き攣った。冗談じゃないと言い返したいが、唇が震えてうまく言葉にできず布団に潜り込んだ。頭の上まですっぽり布団を被って、ぎゅっと目を瞑る。

「そんなに照れるな」

照れているんじゃない。絶望しているんだ。勘違いするなと心の中で反論する。

「セックスのときはもっとかわいかったぞ」

「このやろ…っ」

とんでもない発言にぱちっと目を開け身を起こすと、掴んだ枕をエドヴァルドに向かって投げつけた。しかし、ひらりと躱《かわ》され、枕は壁に当たってぽとりと床に落ちた。

「ほう。そんな気性の荒さもあるのか。感情を素直に出すところもいいな」

エドヴァルドは感心したように言って、拾い上げた枕を椅子の上に置いた。

歩だけが動揺していて、なんとも言えない気分になる。

エドヴァルドに行為を強要されたわけじゃない。むしろ望んで抱かれたのだ。『触って』、

『イかせて』、『挿入れて』――と請うたのは歩だ。

思い出すと自己嫌悪に陥ってため息が出る。

歩は力なくベッドに横たわると、エドヴァルドに背を向けた。

「…着替えたら出てけよ。鍵は後ろのチェストの上。鍵をかけたらポストに入れておいて」

努めて淡々と伝えた。

やや間が空いて、エドヴァルドが「あぁ」と言った。

身繕いを終えたのか足音が遠ざかっていくが、なにやら店のほうから物音がして、再びエドヴァルドの気配を近くに感じた。

ベッドサイドのテーブルに何かを置く音がした。

店のドアが閉まって施錠音が聞こえると、歩はゆっくり身体を起こした。

テーブルを見ると、水の入ったグラスが置いてあった。

冷たく突き放したのに、こんなふうにされると胸が痛む。

「…なんでこんなことに」

エドヴァルドが帰ったあと、いろんなことが頭の中を駆け巡った。気力も体力もないのに目が冴えて眠れなかった。

百歩譲ったとして。歩がゲイでなくても、あんなふうに触れられれば気持ちよくなってしまうのは仕方がない。だけど、エドヴァルドの精子が欲しいと思ってしまったのは変だ。人魚の牝だからフェロモンが合う相手の子を、本能的に孕みたがったのだろうか。

そんなふうに考えてしまって頭を抱えた。

認めたくはないが仮にそうだとしても、花嫁になどならない。人魚の世界に行く気なんてない。

ソラモネこそが歩の居場所だ。恩人であるマスターに託《たく》された店。そこで母が美味しいと言ってくれた珈琲を淹れて暮らす。

だから、エドヴァルドとのことはたった一度きりの過《あやま》ち——。歩は自身に必死にそう言い聞かせ、少し眠ろうと目を閉じた。

いつの間にか眠りに落ちたようで、気がつくと朝になっていた。目覚ましをセットし忘れて、少し寝坊してしまった。低血圧で重い頭と身体をなんとか起こし、急いでシャワーを浴びて開店準備をした。

商店街ではサマーセールが始まっていた。その影響でソラモネにも客が流れてきて、朝から多忙を極めた。

ランチタイムが終わって、漸くひと息ついた頃。

見計らったかのように、エドヴァルドが店にやって来た。

歩は気まずくて、つい目を逸らしてしまったのに、エドヴァルドは何事もなかった様にカウンター席に座り、涼しい顔で珈琲を飲んでいる。

歩だけが意識するのは癪《しゃく》に障る。だから普段通りを装っているが、エドヴァルドが店にいると思うだけで落ち着かない。

「…ぇ。ねえってば」

背後から聞こえた声にびくっとして、肩越しに振り返った。

怪訝《けげん》そうな表情をした更紗と目が合う。

「え…、あ…なに？」

作業に集中しすぎていたようだ。更紗の方へ身体ごと向き直る。

更紗は歩とエドヴァルドを一瞥して口を開いた。

「ふたり…今日なんか変だよね。キスでもしたの？」

「えっ！」

歩の口から思わず大きい声が出た。

その声に更紗だけでなく、店内の客が一斉に歩を見た。歩は、うっと口を閉じる。

「あれ？　適当に言っただけなのに、もしかして当たった？」

「そっ、そんなことない。適当なこと言うなよ」

「怪しい。即言い返してくるなんてレアだし」

　口が達者な更紗には勝てない。そう判断して歩が黙ると、更紗はエドヴァルドへと矛先を変えた。

「あなたの恋が実って歩と両想いになったのなら、お祝いしないとね」

「実ってないから！」

　歩が全力で否定するが、更紗はスルーだ。

　エドヴァルドは愉快そうに笑みを浮かべている。

　否定しろよと思うが、キスしたことは本当だ。それどころか、それ以上のこともしてしまった。だからエドヴァルドがどう答えるのかと気が気でない。

　歩だけではなく、客の視線もエドヴァルドに集中している。

「残念ながら、まだ歩の心は射止められていないんだ」

　なぜかあちこちから落胆のため息が零れる。

　だが歩は聞き逃さなかった。心は、とエドヴァルドは言った。考え過ぎかと思ったが、エドヴァルドが意味深な目を向けてくる。

「諦めないぞ。俺の花嫁になって、俺の子を産むのは…」

「わあぁぁっ！」

歩はぎょっとして、慌ててエドヴァルドの声を打ち消した。

エドヴァルドのとんでもない発言は今更だ。けれど、花嫁はまだしも子どもがどうとかはありえない。事情を知らない人は、エドヴァルドの頭がおかしいと思うだろう。

それはなんとなく嫌だった。

「まぁ歩は見るからに奥手そうだもんね。地道にがんばろ？」

エドヴァルドの言葉は誤魔化せたようだ。

歩はほっとしたが、それも束の間だった。

「ハンサムな兄ちゃん、諦めるなよ」

「頑張れ」

常連客が口々にエドヴァルドを応援しだした。

想定外のことに、歩は顔を引き攣らせた。

満更でもないのか、エドヴァルドは笑顔で応えている。

確かにエドヴァルドは誰の目から見てもイケメンだ。偉そうだが高慢ではないし、所作は上品で気品がある。強引だけど無理強いはしない。変なことさえ言わなければ好印象だ。

歩は更紗と談笑しているエドヴァルドを横目で見て、はぁと肩を落とした。

でも自分はゲイじゃない。どんなにエドヴァルドがいい男でも恋愛対象にはなりえない。


その夜。

普段はシャワーだけで済ませているが、疲れたときに母がそうしていたように、バスタブに湯を張った。

少し温めの湯の中にゆっくり身体を沈めると、生き返った心地《ここち》がした。同時に睡魔が襲ってきた。湯船の中で眠ってしまうのは気絶と一緒で、危険だと聞いたことがある。歩は眠気を払おうと両手で湯を掬って顔に浴びせた。そのとき、目に映ったものにびくっとする。

湯の中に大きな魚の尾鰭《おびれ》のようなものがあり、ゆらゆらと揺れている。

「えっ…」

歩は驚愕に目を瞠った。

足がない。その代わりに鰭がある。寝ぼけているのかと目を擦ってみるが変わらない。

「う…うわぁぁっ…！」

歩は叫び声をあげて、バスタブから出ようとした。しかし立ち上がれず、体勢を崩してざぶんと頭まで湯の中に沈んでしまう。

なんとか両手を伸ばして縁を掴み、湯面から顔を出した。

ぜぇぜぇと息を継ぎながら、もう一度足を見た。すると、ちゃんと足があった。

「…え、なに…？」

恐々と足を動かしてみる。なんの異常も違和感もない。

幻覚でも見たのだろうか。

揺れる湯面に何かが浮かんでいる。

何だろうと摘まみ上げる。薄い緑色をした半透明の丸っこい形のそれは、魚の鱗《うろこ》に似ていた。

「…嘘…だろ」

心臓が早鐘を打ち始める。

発光しているように、やたらときらきらと輝いている。

まさかさっきの鰭から落ちたものなのか。まじまじと見詰めていると、どこかで同じものを見た気がした。

いつ、どこで見たのだろう。歩は懸命に記憶を辿り寄せた。

ふと母の顔が浮かんできて、ハッとする。

「あれだ…」

急いで湯から出て寝室へ急いだ。クローゼットを開け、中にあるチェストから小さな箱を取り出した。

箱を持つ手が緊張で震える。蓋を開けると、白いハンカチに包まれて母のペンダントが入っていた。

細いシルバーのチェーンについている珊瑚《さんご》色のペンダントトップ。色こそ違うが、風呂場で見たものとよく似ている。

たったひとつの母の形見。今の今まで、ただのペンダントとしてしか認識していなかったが、何か意味があるもののように思えてきてしまう。

凝視していると、珊瑚色のそれが光った。一瞬のことだったが、まるで何かを伝えるかのように。

「…あ」

定かなことは何もわからない。だけど妙な胸騒ぎがしてやまなかった。

次の日。歩は朝からそわそわしていた。エドヴァルドなら、ペンダントトップが鱗なのかどうかわかるかも知れないと思ったからだ。

午後三時を回り、エドヴァルドが店に入ってきた。テーブル席を片づけていた歩は、急いでカウンターに戻った。

「…エド。ちょっと話したいことがあるんだ」

椅子の背にジャケットを掛けるエドヴァルドに小声で話しかけた。

「どういう風の吹き回しだ。歩のほうからお誘いとか」

「今日、閉店後に時間あるかな？」

エドヴァルドがからかってくるが、歩の真剣な表情を見ると態度を改めて、「あぁ、問題ない」と頷いた。

ニヤニヤしながらこちらを見ている更紗に気づく。他の常連客も同じ目をして、ちらちらとこちらを窺い見ている。エドヴァルドとのやり取りを誤解されたのだと気づいて赤面する。

「エドと付き合い始めたの？」

「そういうんじゃないから」

言い返すほど興味を引くだろうと思い、歩は口を閉じて仕事に戻る。すると更紗はつまらなそうに唇を突き出した。

他の常連客の視線も気になる。いつの間にか、歩とエドヴァルドの仲を応援するような雰囲気になっているのだ。

「更紗。そんなことより友だちと掘り出し物市に行くって言っていたけど…」

歩が全部言い終わらない内に、更紗は「あっ」と声をあげた。

「そうだった！　ヤバい！」

代金をテーブルの上に置くと、タブレットPCをバッグにしまってバタバタと出て行ってしまった。

騒々しさに歩がため息をつくと、エドヴァルドが笑った。

「歩もそうだが、彼女も面白いな」

「俺のどこが面白いんだよ」

「俺に対して、そういうかわいくない顔を向けるところだ」

「はぁ？」

「もちろん、それだけじゃない。俺の求愛につれない態度をとったりするのも」

「…マゾヒストかよ」

「そういう言葉を堂々と口にするのも興味深い」

「とりあえず褒められていないことはわかった」

歩はげっそりするが、エドヴァルドは「本当のことだ」と引かない。歩ははいはいと受け流しながらも、俄《にわ》かには信じがたい話ができる彼の存在を心強く思った。

閉店時間となり、エドヴァルドを残してラストの客を見送ると、歩は店のドアの鍵を掛けた。

「待たせてごめん」

カウンター席に座っているエドヴァルドに声を掛けた。

「構わない。でもどうしたんだ？」

「うん…。ちょっと見てもらいたいものがあって」

歩は母のペンダントが入った箱を、カウンターテーブルの上に置いた。

「母さんの形見なんだけど…」

言いながら箱の蓋を開けて、ペンダントをエドヴァルドに見せる。

エドヴァルドは僅かに眉を持ち上げただけで、そう驚く様子もなく頷いた。

「これは人魚の鱗だな」

「……やっぱり」

歩はエドヴァルドの隣の椅子を引いて腰を下ろした。

手に取ってもいいかと訊かれ、頷く。

「…人魚の鱗って…珊瑚色なのか？」

何から考えればいいのかわからず、さして興味があるわけでもないことを訊いてしまう。

「碧の国では一般的な色だ。ただ鱗の光沢や濃淡には個体差がある」

「俺のは…緑だった。…昨日、風呂に入ったとき一瞬だけ…足が鰭になったように見えた」

「一瞬だけ？」

エドヴァルドの確認にこくりと頷く。

「それが緑色だったと？」

「…多分」

そう記憶しているが、怖くなって排水口に鱗を流してしまったので確かめる術はない。

「そうか」

互いに黙り込む。

エドヴァルドがペンダントを箱に戻した。

「…ショックなのか？」

そんなひと言では言い表せない。母が人魚だったなんて、未だに信じられない。

代わり映えのない時間が過ぎていくだけの毎日。それでよかったのに。

エドヴァルドが来たからこうなったと思うと、苛立ちがわき起こった。

「歩？」

「…触るな」

心配そうに伸ばされた手を払って、歩はエドヴァルドを睨んだ。

「なんで俺のところに来たんだよ」

「それは歩が俺の花嫁候補だと占いに出たか…」

「だったよな。あくまでそっちの都合だ」

そう。占いの結果だ。エドヴァルドの意思じゃない。

エドヴァルドの国に好みの相手がいなかったから、最後の手段として歩のところへ来た。

いきなりプロポーズした理由は、フェロモンが合うから。

思い出すと更にムカムカする。なぜ歩が振り回されないといけないのか。

エドヴァルドがいなければ、落ち着いた元の生活に戻れるはずだ。

「もう…店に来ないでくれ」

はっきり伝えると、僅かにエドヴァルドの眉が寄った。

「…なぜだ？」

「なぜ？　エドの国の都合に振り回されたくないからだよ。俺はエドのお嫁さんになる気なんてない」

きっぱり言うと、エドヴァルドが黙って顎に手を遣った。

そして、おもむろに口を開いた。

「俺がいなくなると、困るのは歩だぞ」

「どうしてだよ」

「発情期はまだ暫《しばら》く続く。俺との行為で一時的に収まっているだけで、発情中の牝は男を誘うフェロモンを放ち続ける。特に両性のフェロモンは強いから、人間の男でも惹き寄せてしまう可能性がある。俺がいない場所でフェロモンが出たらどうするんだ」

だからといって、その度にエドヴァルドを求めるわけにはいかない。

エドヴァルドの言うことが本当だとしても、発情期が過ぎるまで気をつけて過ごせばいい。

「…いいからもう俺に関わらないでくれ」

歩はエドヴァルドのジャケットを手にすると、に押しつけた。

「我儘《わがまま》さえ言わなきゃ幾らでも相手はいるんだろ。話を聞いてくれてありがとう…でもも

う二度と来ないでくれ」
言い終えると、歩は店のドアを開けた。
エドヴァルドは頷くでも否定するでもなく、じっと歩を見下ろす。
こんなふうに見られるのは苦手だ。こういうときは、いつも歩が先に目を逸らす。
でもいまは引けない。
「わかった」
望んだ答えなのに、なぜか胸に痛みを感じた。
エドヴァルドはドアを潜ると、そのまま足を止めることなく、店から遠ざかっていく。
振り向かない相手の背を見送りながら、歩は痛む胸の理由を探していた。

Ⅲ

エドヴァルドが店に来なくなって二週間が過ぎた。

彼を知っている客は、どうしたのかと訊いてくる。その度に歩は、さぁと曖昧《あいまい》に返事をしていた。更紗にはもたもたしているからだと咎《とが》められたが、素知らぬふりでやり過ごした。

だけどそれも五日も経てば収まった。いまは以前のような静かなソラモネに戻っている。

だが、どこか空虚だった。

エドヴァルドと出会う前は、普段の生活に不足など感じなかった。

起床して開店準備をする。常連客ととりとめのない会話をし、時間がくれば店を閉める。食事を摂り、シャワーを浴びて就寝。その繰り返しの日々には充実感があった。ちゃんと自分の居場所があることに安心していた。

だけどいまは何か物足りない。

過去の出来事から、人と深く関わることを避けてきた。傷つくくらいなら独りでいいと。

それなのに、店を閉めて部屋に戻ると一気に孤独感に襲われる。まるで世界に自分以外が存在していないかのように感じる。

いままで殆《ほとん》ど観なかったテレビを点けたり、ラジオを流したりするようになった。孤独感が消えるわけではなかったが、ないよりはましだった。

夕食後、ボディソープが切れていることを思い出した。

スーパーの閉店時間は午後八時。急げば間に合うと、歩は外へ出た。

田舎街なので、いつもはこの時間ともなると人通りはまばらだ。だが今日はなぜか多くの人が歩いている。何かあるのだろうかと不思議に思いながら辿り着いたスーパーは、棚卸で閉まっていたので、少し歩くが、深夜まで営業しているドラッグストアに行くことにした。

踵を返して通りに戻ると、普段はない立て看板が目に入った。ドラッグストア近くの広場で、ワインフェスタが開催されていることを知る。

そういえば、客がそんな話をしていたなと思い出した。

人の多い場所は苦手だし、この手の催しに参加したことがない。だがなぜか今夜は自然と足がそこへ向かった。

人恋しいのだろうか。いままでなかった感情に苦笑しつつ、歩は人の流れに乗って会場のゲートを潜った。

「こんばんは」

スタッフが明るく元気な声で、チラシを手渡してくる。受け取って見ると、北欧ワインの試飲や販売が行われているらしい。ベンチや立食用テーブルも設置されている。

十店舗ほどの露店が並んでいて、訪れた人たちが紙コップを片手に談笑している。賑やかな雰囲気と肉が焼ける芳ばしい匂いに誘われるように、歩は足を進めた。

露店ではワインだけではなく、チーズやピザ、ソーセージなども売られている。美味しそうだなと見ていると、店員にワインを勧められた。

呑めないわけではないが強くはない。でも折角来たのだから一杯だけ、と香りが気に入った白ワインを選んだ。

人の少ない会場の隅でワインに口をつけると、ふわっと果実の芳香が鼻腔に抜けた。葡《ぶ》萄《どう》というよりベリーの風味が濃いスパークリングワインだ。

「…美味しい」

「それ、どこのワイン？」

思わず独りごちると、話しかけられて驚いた。

顔を上げると、知らない男性が歩を見てにっこりと笑っていた。かなり呑んでいるのか頬が赤らんでいる。

歩はこういう初対面から馴れ馴れしく話しかけてくるような人が苦手だ。けれどこの街で店を経営しているだけに、あからさまに不愛想な態度で接して印象を悪くするのは賢明ではない。

歩はズボンの後ろポケットに入れておいたチラシを取り出し、会場マップを指差した。

「ええと。ここです。ここの白ワイン」

「どこどこ?」

男がマップを覗き込んでくる。肩が触れてびくっとするが、距離をとるのも失礼かと我慢する。

「あぁ、フィンランドのベリーワインだな。これはね白葡萄じゃなくて、ホワイトカラントっていうベリーを使用して醸造《じょうぞう》されているんだよ」

「…そうなんですか」

男が上機嫌で蘊蓄《うんちく》を語る。適当に相槌を打っていると、不意に腰に手を回された。

歩はえっ、と声をあげ、男の顔を見て硬直した。男が歩の首筋に鼻先を寄せてきて、すんっと匂いを嗅ぐ。

「君、凄いいいい匂いさせてるね。これ何の匂い?」

「…ひっ」

嫌悪感で全身の毛が逆立つ。

「な、なにもつけてません…！　あっ」

身を捩って逃げようとするが、力ずくで腰を引き寄せられた。

「君、僕の好みだよ」

「放せ…っ！」

気持ち悪さに、思い切り手で押しのけた。歩は走ってその場を去る。

ゲートを通り抜けながら、後ろを振り返った。男は追って来ていない。

「…はあっ」

歩は立ち止まって切れる息を整えた。握りしめたままの紙コップは歪んでいて、中は空っぽになっている。

来なければよかった。そう思いながら、広場の入り口に据え置かれているゴミ箱にコップを捨てたときだった。

どくんと大きく心臓が跳ねた。

「…え…？」

異様なほどにドキドキとして、全身が火照り始める。更に下腹部に甘い疼きを感じて、腰が震えだした。

足から力が抜けて、がくんと膝が折れる。歩はその場に屈み込んでしまった。

この身体の変調には憶えがある。

——発情。

頭にそう浮かんで顔が歪む。症状が出ないまま二週間経ったので忘れかけていたが、まだ終わっていなかったのか。

息苦しさに、歩はシャツの胸もとを掴んだ。とにかく帰らないと。

なんとか踏ん張って立ち上がると背筋がぞわっとした。

嫌な気配を感じて振り返る。ゲートのところにさっきの男が立っているのが見えた。男はきょろきょろしている。

もし自分を探しているのだとすれば、このタイミングはまずい。強い情欲に負けてしまいかねない。

歩は自身の身体を両腕で抱き締めながら、ふらふらと歩を進める。男がこちらへ来ていないか、何度も後ろを振り返り確かめる。

通りを歩いているのは、殆どがフェスタ帰りの人たちだ。皆ホロ酔い状態で、歩のことを気にする人はいない。

家まであと半分。早く帰り着きたかったが、足に力が入らなくてもつれる。

ちょうど公園の前だったこともあり、少し休んで行こうと歩は中に入った。なんとかベンチに辿り着いて腰を下ろす。幸い他に人はいないし、通りからは死角になる場所だ。はぁはぁと息を荒くしながら地面を睨んでいると、歩の足もとにすっと影が差した。驚いて顔を上げると、さっきの男が目の前に立っていた。

「見ぃつけた」

歩を見下ろしてニヤと笑う。

「…な、なんで…」

「酔っぱらっちゃった？　僕が介抱してあげようか？」

歩は顔を歪めて不快感を露《あら》わにした。だが男は気にすることなく隣に座り、身体を密着させてくる。

「だ、大丈夫だから、俺に構うな…」

触れられたら、この前のときのようになってしまう。そう怯えるが、身体の火照りは寒気に変わり、気持ち悪さに吐き気がした。

逃げだしたいのに呼吸するのに精一杯で、反対側へ身体をずらすことしかできない。

「そうつれないこと言わないでくれよ」

睨みつけるも相手は怯《ひる》むどころか、勢いよく抱き着いてきて、ベンチに押し倒される。

「ひっ…、んぐっ」

驚いて悲鳴をあげかけた口を手で押さえられた。内股に手が這う。

必死で身体を捩って抵抗するが男の力のほうが強い。

気持ちが悪い。エドヴァルドに触れられたときと大違いだ。

「やっ…、いやだ。触るなっ…、エド…！」

思わず名前を口にした直後、圧し掛かっていた重みが一瞬にして消えた。えっと思って見遣ると、背後からシャツの襟首を掴まれているらしい男もきょとんとしている。

その後ろに立つ男の顔を見て、歩は目を見開いた。

「あ…」

エドヴァルドだった。

助かったと思った。同時に心臓が鷲掴みにされたような、きゅうとした痛みを感じた。

「な、なんだアンタ…放しやがっ…うわっ！」

エドヴァルドが歩から男を引き離した。

「俺のものに触るな」

男を見下ろして、低く冷たい声で言い放つ。男は敵わないと思ったのか、慌てふためき逃げていった。

エドヴァルドが茫然としている歩を抱き起こした。

「大丈夫か？」

「どうして…ここに？」

「発情中でフェロモンを撒《ま》き散らしているのに、家にいる気配がないから探していたんだ」

「…そ、そんなの…好きでバラ撒いてるんじゃない」

「わかっている。でもおまえは普通とは違うと自覚しろ。人魚でなくてもフェロモンに反応する者がいる。不幸なことが起こりうる…と言っただろう？」

淡々とした口調だが、怒っているのがわかる。それなのに歩の身体を支える腕はしっかりとしていて、優しい。

「なんだよバカ…偉そうに」

口では悪態《あくたい》をつきつつ、歩はエドヴァルドの袖口を掴んだ。

離れないでほしい。そう思うのはきっと発情のせいだ。悔しいことに、エドヴァルドが纏うどこかエキゾチックで官能的な匂いに包まれていると、おぞましさで忘れていた熱が蘇ってくる。

「…はぁ」

歩は吸い寄せられるように、厚い胸板に額をすりつけた。

安心と悶々《もんもん》した気持ちで甘ったるい吐息が零れる。

暫くこのままでいたかったのに、ゆっくりと身体が浮き上がった。エドヴァルドに抱き上げられたのだ。

歩を横抱きにしてエドヴァルドが歩き始める。

公園の入り口を出たところに、立派な車が停まっていた。黒スーツの男が車の後部ドアを開くと、エドヴァルドが歩を抱いたまま車に乗り込んだ。すぐにドアが閉じられ、静かに車が走り出した。

エドヴァルドが歩をシートに下ろす気配はない。それを嬉しく思うことが表情に出てしまいそうで、歩は車窓から外を眺めるふりをして誤魔化した。

「ど…どこ行くんだよ？」

「俺が宿泊しているホテルだ。二度と店に来るなと言っただろう？」

そうだった。歩がそう言って、エドヴァルドは了承した。こんな状況でも律儀に約束を守ろうとしているのか。

だがあのとき、関わるなとも言ったはずだ。それは忘れているのだろうか。

そんなことを考えていると、唇を指で撫でられた。

「あっ…」

「何か言いたげだな。なんでも言っていいんだぞ」

落ち着いた声に促され、歩は迷った挙句、ぽつりと口にする。

「…俺に関わるなって…言ってしまったから」

エドヴァルドが忘れているならそれでいいのに、思い出して自分の前から消えてしまうことを恐れて打ち明けてしまう。

「あぁ…。『店に来るな』にはわかったと言ったが、『関わるな』には返事していない」

「…え?」

堂々と言ってのけられ、歩はぽかんとする。

そうだっただろうか。何も言い返せずにいると、指の背で頬を撫でられた。

見上げると、エドヴァルドの視線とぶつかった。すっと細められた碧眼が黄金色に変わる。

まただ。瞳の色が変わったのは、やはり見間違いではなかった。

エドヴァルドの官能的な匂いが、さっきより濃く感じる。黄金色の瞳でじっと見つめられると、歩の下腹部がじゅんと疼いた。

「…あ」

確信はない。だがこれがフェロモンに反応しているということかもしれない。

指先が頬から首筋へと流れ、歩はふるっと肩先を揺らした。

「んっ…」

反応に気を良くしたのか、エドヴァルドは脇腹や腰にも手を伸ばしてくる。

腰がゾクゾクとして淫らな欲がわいてくる。官能に囚われてしまいそうで、歩は思わずエドヴァルドの手を掴んだ。

「…こんな車の中でやめ…ろよ」

もっと触ってほしいというのが正直な気持ちだ。けれど他人の目がある。

歩の視線の先を追い、合点《がてん》がいったようにエドヴァルドが頷く。

「彼らは俺のボディガードだ。俺が何をしようと気にしないし、命令しない限り振り向くことはないが…そうだな、ホテルはすぐそこだ」

エドヴァルドがあっさりと手を退けた。

拒んだのは歩だが、拍子抜けした。

熱のこもった身体が疼いて仕方がないが、ホテルに着くまでの我慢だ。少し休ませてもらって落ち着いたら帰ればいい。

そんなふうに考えているのに、エドヴァルドを求めて身体をすり寄せてしまう。

いつの間にか車が停止したらしい。車のドアが開かれ、エドヴァルドが動いたことで歩の身体がぐらりと揺れ、慌ててしがみついた。

エドヴァルドが歩を抱いたまま歩き出す。

幾つかの扉を潜ったあと、柔らかく肌触りのいいベッドシーツの上にそっと寝かされ、優しく髪を梳《す》かれた。

ベッドに腰掛けているエドヴァルドは、それ以上触れてこない。それをもどかしく感じてしまう。こんな状態で、少し休んだからといって疼きが治まるだろうか。治まるどころかどんどん増していっているのに。

エドヴァルドがリモコンを手にした。ルームライトの明かりを絞って立ち上がる。

その際のスプリングの弾みすら歩には刺激になった。

「好きなだけ休んでいけ」

「ま、待って」

部屋を出て行こうとするエドヴァルドを咄嗟に呼び止めていた。

だが続きの言葉が出てこない。

この前もそうだった。エドヴァルドは平静で、歩のほうが悶々として堪らず、触って欲しいと懇願《こんがん》した。恥ずかしくてどうにかなりそうだったが、それより身体の欲求が勝った。

そして今度は、あのときの快感が欲しくてたまらなくなっている。エドヴァルドとのセックスの良さを知ったからこそ求めてしまう。

なんて淫乱なんだと思う。でもどうしようもなかった。

「…休んでも…きっと治まらない。だから…お願い。俺を鎮めて」

恥ずかしさに顔を俯かせて告げる。羞恥心が失せたわけじゃないのだ。

エドヴァルドの言葉にドキドキするのも、挿入して欲しいだなんて思うのも発情のせい。

いまはそう割り切るしかない。

エドヴァルドが近づいてくる気配がした。

歩の頬に指先が触れたかと思えば、くいと顎を持ち上げられた。

「あっ…」

「鎮める…とは。歩は俺にどうされたいんだ?」

わかっているはずなのに言わせようとする。意地悪だ。そう思うが、低い声が下腹に響いてゾクっとした。

エドヴァルドが欲しくて堪らないから文句も言えない。

熱を鎮めて欲しくて、歩は震える唇を必死に動かした。

「…触ってほしい。……抱いてほしい」

「誰に抱かれたいんだ?」

「…エ、エド…に。エドに…抱いてほし…抱かれたい」

裸にされることより、抱いてと懇願するほうが恥ずかしい。それでも口にしたのは、こうやってエドヴァルドに触れられると、身体が歓喜に満ちるのを知っているからだ。

じっと歩を見つめていたエドヴァルドが、シャツを脱ぎ捨てた。

「…あ」

鍛《きた》えられた身体に目が釘づけになる。

動けないままでいると、ベッドに乗り上がってきたエドヴァルドに押し倒され、全裸にされた。

エドヴァルドが身体を重ねてくる。エドヴァルドの体温を直接感じてため息が零れた。

「随分我慢していたんだな。もうこんなに濡らして」

「んんっ…」

エドヴァルドに性器の先端を撫でられ、腰がびくんと跳ねた。既に完勃ち状態の性器を根もとから扱き上げられ、あっという間に腰が蕩ける。

「あっ…ああっ、んっ、ん…」

待望の快感を得て、あられもない声があがった。

「ほら。歩は俺がいないとだめじゃないか」

「…う、ぅ。んんっ、それは…はあっ」

否定できない。もうわかっている。ほかの男に触られても気持ち悪いだけだった。

直接的な刺激に我慢などできず、一瞬のうちにエドヴァルドの手の中に精を放ってしまった。

「…あ、あぁ…」

気持ちよすぎて、だらしなく顔が緩む。それでも尚扱かれ、淫らに腰を前後に揺らして残滓まで吐き出した。

はぁはぁと荒い呼吸で達した余韻に浸る中、唇に熱い舌先が這った。その熱を求めて、歩も舌を伸ばす。舌を絡めてぢゅ、と音を立てて吸われ、背筋が甘く痺れた。

深いキスをしながら、エドヴァルドの手が歩の肌をまさぐる。胸の突起を指先で捏ねられ、歩は「んっ」と感じた声を出してしまう。

指の先で押し潰されるのをねだるように、乳首が勃ち上がる。

「あっ、う。ぁ…ン。んんっ、んはぁ…」

乳輪ごと摘まんで磨り潰すようにして苛《いじ》められたあと、優しく撫でられる。ちりっとした痛みすら、甘い刺激と交互に与えられると快感に変わっていく。

片方の胸から指が離れ、代わりに唇が寄せられた。ぬるぬると舌先で舐めては吸いつき、

軽く咬まれる。執拗な愛撫に、歩は声が止まらなくなる。

閉じていた両脚の間に膝を割り込ませ、ぐっと左右に開かれた。指先が脇腹から尻の割れ目へ下りていく。

「あっ…」

指先が後孔に触れたかと思うと、つぷりと挿入された。

「ひっあ…ぁん」

女のような声が迸る。

身体の中で一番敏感な場所だ。歩は腰を捩って身悶える。

「気持ちいいと素直に感じている歩はかわいい」

男なのにかわいいと言われても嬉しくない。それでも頬にキスをされると、胸がときめいてしまう。

中を指で掻き回されると、濡れるはずのないそこからくちくちと濡れた音がたつ。指では届かない深みを、もっと熱くて大きいもので掻き回されたい衝動に駆られる。

歩の中から、ずるりと指が抜かれた。ベルトを外す音がして、歩が欲しいものが内股に触れる。

エドヴァルドが緩く腰を揺らして、熱の塊で内股を擦ってくる。

早くその熱で甘く疼く場所を突いてほしい。期待にひくつく入り口を掠めるだけの動きが焦れったい。

快感を欲した身体が勝手に動き、エドヴァルドの熱く硬い性器に下腹部を擦りつけてしまう。

「…煽るな」

エドヴァルドの太い先端が入り口を抉じ開けて挿入ってくる。

「んっ、あぁっ…！」

指とは違う圧倒的な存在感。指で甘く溶かされた粘膜を猛りで擦り上げられ、歩はがくがくと腰を打ち震わせた。

「っく、あぁっ、あぁ――…っ」

「くっ…歩…もう少し力を…抜け」

無意識に締めつけ過ぎていたらしい。だが、緩めたくても思うようにできない。

「ゆっくり息を吸って、吐くんだ」

「あ…ぅっ」

歩が言われる通りにし、力が僅かに抜けた瞬間、奥まで穿たれた。

身体を開かれる衝撃に仰け反る。

エドヴァルドはすぐに動き出さなかった。

「あ…あ、あぁ…」

身体の深い部分で感じるエドヴァルドの脈動にすら感じてしまう。いつの間にか滲んでいた涙が一筋頬を伝う。

抱き締められ密着すると、エドヴァルドの鼓動が速くなっていることがわかった。いつも平静なエドヴァルドが興奮している。そう思うと、身体の火照りが胸や頭の中にまで広がるように感じた。

動いて欲しくて腰をもじつかせると、エドヴァルドが苦笑を浮かべた。

「悪い。抱きしめていると相性の良さを思い知らされて…ずっとこうしていたくなる。歩の反応も声もかわいくて、もの凄く愛おしい」

「…え」

歩を花嫁にしたいのは、偏《ひとえ》に国の事情のはずだ。なのに、そんな言い方をするのは狡《ずる》い。

頬が熱くなっていくのがわかって、顔を横に背けた。

それを咎めるように、不意に腰を揺すられた。

「あっ、はあっ、んあぁっ…」

全神経が一斉に下腹部に集中する。

ゆったりと浅く、深く擦り上げられ、快感が全身を駆け巡る。

「んん――っ、ふうっ、あっ、あっ…」

無意識に両手を彷徨わせてピローを握った。

だがすぐにピローを取り上げられ、手をエドヴァルドの首へと誘導される。

「…う」

まるで愛し合う恋人同士のようで、歩は複雑な気持ちになった。

けれど腰を揺らされると、忽《たちま》ち官能に支配されてしまって何も考えられなくなる。無我夢中で目の前の相手にしがみつき、目を閉じてひたすら鳴き続けてしまう。

「…そんなかわいいところばかり見せられると…中に出して孕ませたくなる」

耳もとで囁かれて、歩はびくっとして目を開けた。

ここに、というように屹立《きつりつ》の先で、堪らなく感じる場所を突かれる。

「あ…、あっ…だめ…」

口では否定するが、精子を求めて勝手に腰がくねる。

エドヴァルドが腰を打ちつけるスピードを上げた。肉同士がぶつかる音に紛れて、ぐちゅぐちゅと水音が聞こえる。

エドヴァルドの熱に体内を掻き回され、お腹の中が蕩けてしまいそうだ。

「…出すぞ」

「…だ、めだって」

孕むわけない。そう思うのに、中で出されたら本当に孕んでしまいそうな気がする。

「い、いあ…待っ…中っ、だめだ、だめ…ああっ――――!」

奥を犯されると悦楽に抗えず、がくがくと小刻みに腰を震わせて絶頂してしまう。イクところをじっと眺められても、顔を隠す余裕すらない。

エドヴァルドが勢いよく腰を引いた。直後、内股に熱い飛沫を感じて、その刺激に果てたばかりの性器がひくんと震える。

「……はあっ…はあっ、はぁ」

酷い脱力感に襲われた。歩だけでなく、エドヴァルドの呼吸も乱れている。

エドヴァルドが穏やかにほほ笑んで、歩の額に唇を寄せた。

「あ…」

イったあとで、全身が敏感になっていて、ぴく、と反応してしまう。

エドヴァルドが身を起こして、歩の上から退いた。

「いつか中に出して…って言わせてやるからな」

言うわけがないと反論したかったが、急に眠気が襲ってきて、目蓋が落ちてしまう。

「…おやすみ」

頬と唇に柔らかな感触を受けながら、歩の意識は眠りに攫われた。


目を開けると、エドヴァルドの寝顔があった。

必然的にエドヴァルドとの行為を思い出して、苦虫を噛み潰したような顔になる。

情欲に溺れているときのことは、はっきりと憶えている。だからこそ素の状態に戻ったときに自己嫌悪に陥ってしまう。

「…気持ちよさそうに寝やがって」

穏やかな寝息をたてるエドヴァルドを見てぼやく。

低血圧のせいで痛むこめかみを押さえながら見たナイトパネルの表示は、ＡＭ５時。普段ならとっくに起きている時間だが、幸い店は休業日だ。

だからと言って、悠長《ゆうちょう》に二度寝する気分ではない。喉も渇いている。

歩は帰ろうと思ってベッドから出た。ベッドサイドにある猫足のオットマンにガウンが置かれているが、歩が着ていた服は見つからない。

裸で服を探すわけにはいかないので、とりあえずガウンを着て部屋の外へ出た。

そこは広いパーラールームだった。

広々とした空間には、ゆったりとしたソファセットやダイニングテーブルがあり、キッチンとバーカウンターが設置されている。天井には大きなシャンデリアが吊り下がっていて、高価そうな調度品が置かれ、絵画が飾られている。

大きな窓から見える景観で、ここが高層階の部屋だとわかった。

「…凄いな」

所謂《いわゆる》、上級のカテゴリーに属する部屋に、歩は思わず感嘆の声を洩らした。

「どうかされましたか？」

不意に響いた声にびくっとした。

ぎくしゃくと顔を向けると、少し離れたところにスーツ姿の細身の男性が立っていた。

部屋と窓からの景色に気を取られて気づかなかった。昨日の黒スーツの人とは別の人だ。

彼もエドヴァルドの関係者なのだろう。ずっとこの部屋にいたのだとしたら、歩とエドヴァルドが何をしていたかを知っているかもしれない。

そう思い至った途端、気まずさで相手の顔が見られなくなった。

「ええと…服がなくて…」

「エドヴァルド様からの申しつけで、歩様のお召し物はクリーニングに出しました。九時頃には戻ってくるのですが…」

それまで帰れないということか。仕方がないと、歩は内心でため息をついた。

「あの…喉が渇いているので、すみませんがお水をいただけますか？」

「畏《かしこ》まりました。お持ちいたしますので、どうぞお掛けになってください」

促されて躊躇しつつも腰を下ろした。豪華で広い部屋は落ち着かなくてそわそわする。程なくして、男がキッチンから水の入ったグラスを運んできた。テーブルにコースターを置き、その上にグラスが載せられた。

「どうぞ」

「あ…ありがとうございます」

なんとなく畏まってしまう。頭を下げて男が踵を返した。

姿が見えなくなると、歩は思わずふうと息を吐いた。こんなふうな扱いを受けるのは初めてで落ち着かない。

場違いに感じながら、歩はグラスに手を伸ばした。渇いた喉を水で潤しながら、歩は寝室のドアを一瞥した。

エドヴァルドの話を完全に信じているかといえば、そうではない。

だが、残念なイケメンというイメージは、歩の中で払拭《ふっしょく》されつつある。こんな部屋に宿泊できて、ボディガードまでいる。それなりの地位や身分がある人に違いないだろう。

ソラモネに来なかった間、エドヴァルドは何をしていたのだろう。

そんなことをぼんやりと考えていると、戻ってきた男に声を掛けられた。

「風呂の用意はできていますので、いつでもお入りになれます」

「え…？　あ…はい。ありがとうございます」

恭《うやうや》しく礼をする相手につられて、歩も同じように頭を垂れた。

どうせ帰れないなら汗を掻いた身体を洗おうか。歩はグラスをコースターの上に戻し、バスルームに向かう。そこもまた豪華な内装だった。

床や壁だけでなく、二据ある洗面台まで大理石で造られている。ファミリーで入れそうな大きな円形の浴槽が窓辺に据えられていて、大海原と大小の島が望める。

ラグジュアリーな雰囲気に尻ごみしつつ湯に入った。

ゆっくりと身体を沈めて大きく息を吸い込む。入浴剤だろうか、仄かに香る薔薇の匂いと湯の温かさが、低血圧の症状を和らげてくれる。

窓の外へ視線をやる。岬《みさき》に建つ灯台《とうだい》と朝陽が反射してキラキラと輝く碧い水面、島の周囲を飛ぶ白い海鳥が見えた。碧と白のコントラストが美しく、歩はふと懐かしい気分になった。

こんな高いところから眺めたのは初めてだが、あの岬が母のお気に入りの場所だったのを思い出した。歩がまだ幼い頃、母に手を引かれて林道を歩き、岬まで行った。歩は海を見つめる母の横顔をよく見上げていたが、いま思うとどこか寂しげだったかもしれない。

現状を忘れ、ぼーっと海を眺めていた歩はバスルームのドアが開く音ではっと我に返った。

断りもなく入ってきた全裸のエドヴァルドに眉を寄せる。

「すぐあがるから外で待ってろよ」

歩が言っても、エドヴァルドは意に介さず、浴槽に入ってくる。

「ちょ…っと、もう」

「いいじゃないか。こういう時間も歩と一緒なら楽しいんだ」

密着してくることはなく景色を眺めるエドヴァルドが、本当にそう思っているのが伝わってくるから歩は文句を言えなくなる。

平凡で面白いことも言えない自分といて、何が楽しいのだろう。常時恭しい態度で接されている立場だと、そんなふうに感じるのだろうか。

窓から入る光で、黄金色の髪が一層輝いて見えた。陰影が端整な顔立ちを更に際立たせている。

エドヴァルドが前髪を掻き上げる仕草にどきっとしてしまい、そんな自分に戸惑って歩は視線を逸らした。

「どうした？　裸ならもう見慣れただろう？」

「そ、そういうことじゃない」

「じゃあどういうことだ？」

「なんでもないって。お、俺、先にあが…うわっ！」

「危ない」

湯から出ようとして立ち上がったところ、足が滑ってバランスを崩した。が、転ぶ前にエドヴァルドの腕が歩の身体を受け止めた。

エドヴァルドの腕に掴まりながら顔を上げると、唇同士が触れそうになってぎょっとする。

「あっ…」

慌てて身体を離す。けれど体勢が不安定で、背中から湯の中へ落ちそうになった。咄嗟に腕を伸ばして浴槽の縁を掴み、なんとかケガをせずに済んだが、湯の中を見て視線が凍りついた。

「…——っ！」

見えたのは、緑色をした魚の尾鰭。

また幻覚だ。だが今度は何度瞬きしても、足に戻らない。

「あ…あぁ……嘘だ、こんなの…」

歩は混乱して顔を左右に振り、エドヴァルドを見た。エドヴァルドは歓喜に満ちた目を歩の尾鰭に向けていた。

「…美しい。こんなに美しい尾鰭は見たことがない」

そう呟いて尾鰭に手を伸ばしてくる。しかし、その指先が尾鰭に触れる直前、すっと人間の足に戻った。

エドヴァルドは一瞬だけ残念そうな顔をしたが、すぐに笑みを浮かべた。

自分だけの幻覚ではない。エドヴァルドも見た。これが夢でないなら、もう信じざるを得ない。

自分が人魚だということを。


足に戻っても暫く下半身に力が入らなかった。

エドヴァルドに支えて貰いながらバスローブを纏い、バスルームからパーラールームに移動すると、先程の男性だけでなくボディガードの二人もいた。

それから三十分程経っただろうか。歩はずっとソファの上に両足を抱えて座っていた。足の感覚は戻っている。だが、またいつ足が鰭に変わってしまうかわからなくて不安だった。変化してそのまま戻らなくなったら…と、言い知れない心細さに襲われている。

向かい側のソファにエドヴァルドが座っているが、歩が黙り込んでいるからか黙したままだ。

沈黙を破るかのように、部屋のチャイムが鳴った。

スーツの男性がドアのほうへ歩いて行く。間もなくして、ワゴンを押して戻ってきた。ワゴン上のものを手際《てぎわ》よくダイニングテーブルに並べていく。

朝食の準備をしているのだろう。

ふとエドヴァルドが足を組み替えるのが目に入って、疑問を感じた。

エドヴァルドはハーフの歩と違って完全な人魚だ。なぜ、ずっと人間の姿のままでいられるのか、と。

前に話していた呪術の力なのか。だとすれば歩も、ずっと人間の足のままでいられる呪いをかけてもらえばいいのではないか。

「あのさ、呪術ってやつで母さんは人間になれたって言っていたよな」

「あぁ」

「エドヴァルドもそうなのか？」

「いや。人魚は自らの意思で尾鰭を足に変えることができるんだ。そもそも人魚の国は海水を通さない大きなドーム状の防壁の中にある。そこでは皆、この姿で陸と同じように生活している」

常に鰭のある姿で海中を泳ぎ回っている姿を想像していたが、どうやらおとぎ話や映画の中の人魚とは違うようだ。

「だったらどうして俺の足は勝手に鰭になったんだ？」

「それはいま、歩が発情期中だからだろう」

「…は？」

「発情期中の牝は、意図せず人魚姿になってしまうことがある。自分が発情中で孕みやすいと相手に教えるために、発情で鮮やかに発光している鱗を見せて精子を請うんだ」

「はあぁ!?　ふ、ふざけんな。俺がなんでエドの精……を請うんだよ！」

「優秀な牡の子種を欲しがるのは牝の本能だ」

エドヴァルドが堂々と言い放った。

精子など望んでいない。冗談じゃないと言い返したい。でもきっと無駄だ。人魚の牝というのはそういうものなのだろう。

いや、本来訊きたかったことはそういうことじゃない。

大きく息をついて、気持ちを落ち着かせる。

「発情ってどのくらい続くんだ？」

「個体差はあるが、概《おおむ》ね一ヶ月だな」

「一ヶ月…か」

「一度発情を迎えてしまえば定期的に発情する。人によって変わるが、半年ごとだったり一年に一度だったりする。牝ほど明確じゃないが、女性にも発情期がある。そんな状態で生涯を陸で暮らすのは過酷だ。だから歩の母は呪術で人間になる道を選択したんだろう」

厄介《やっかい》だなと、歩は顔を歪めた。一ヶ月は長いし、それがこの先何度も起こるだなんて。

だけど思い返せば、前回変化したときも風呂に入っているときだった。もしかすると水や湯に浸らなければ変化しないのではないか。それならまだなんとかなる気がする。

「発情中以外は、急に人魚になったりはしないのか？」

期待を込めて訊くが、エドヴァルドは首を捻った。

「普通はそうだが、歩はハーフだからな。イレギュラーなことが起こる可能性は捨てきれない。姿を自由に変えられもしないようだし」

「俺は自由に人魚になれなくたっていい」

むしろなりたくないし、なる必要もない。

ただ、現状のままだとかなり生活に支障をきたしてしまう。

「俺も母さんみたいに、ずっと人間の姿でいられる呪いを受けさせてくれ」

エドヴァルドは歩がそう言うのを予測していたのか驚かなかった。

「本気か？」

「もちろん。いまのままじゃ不便でしかない」

はっきり答えると、エドヴァルドは押し黙った。

歩はもっと理由が必要ならと続けた。

「俺が発情するたびにエドに…その…抱いて貰わないとならないとか…迷惑にもなるし」

「迷惑だとは思っていない。だが…俺が陸にいられるのは、占いの期限までで、国に帰らねばならない。その後はそう簡単には来られなくなる」

「…え」

ズキン、と歩の胸が痛んだ。

そうか。歩がエドヴァルドの花嫁として彼の国に行かなければ、これまでのように会えなくなってしまうのだ。

知ってしまうと、急に寂しくなった。

「完全に人間の姿を得る呪いは、上級の呪い師しか扱えない。しかも肉体に何らかの代償がつくので、表向きは禁忌《きんき》とされている」

「代償？」

だとすれば、母も何らかと引き換えに、人間の姿になったということだ。

母が不便そうにしていたこととか、他のひとと違ったところとか、何かあっただろうか。

記憶を辿ってみるが思い当たらない。

「母さんには…なかったぞ」

「そんなはずはないと思うが…それはそうと呪術を受けるには当然、俺の国に来ることになるぞ」

「それは…うん。でも俺、行けるのか？」

「歩には人魚の血が流れているから問題ない」

不思議な感覚だ。

自分が半分人魚だということも、足が鰭に変わることでしか実感がない。それなのに、エドヴァルドと会うまで想像すらしたことがなかった人魚の世界に行くなんて。

「準備があるから…そうだな、一週間後の月曜の夜、日付が変わる頃に迎えに行く」

「…わかった」

　歩が首を縦に振ると、エドヴァルドが頷いて立ち上がった。後ろに控えていたスーツの男に目配せし、ダイニングテーブルに着く。

　男性の手によってクローシュが取られると、ふわっと湯気が立ち上った。

　腹がぐう、と鳴る。

「…う」

　恥ずかしくて腹を押さえると、エドヴァルドが笑った。

「歩の身体は本当に正直だな」

「う、うるさいな」

　普段なら朝食を終えている時間だから仕方がない。意図してかどうかはわからないが、引っ掛かる言い方に悪態をつく。

　けれど余裕を感じる笑みで受け流され、歩もテーブルに着くよう促された。

「歩の好きなものがわからないから、用意できる限りのものをオーダーした」

　テーブルには、様々な種類の料理が載っている。肉料理に卵料理、サラダ。パンだけでも数種類ある。色とりどりのフルーツとドリンク、ヨーグルトにシリアルまで。さながらビュッフェのような品揃えだ。

「こんなに食べられるかよ…」

人魚の王子の食生活がどんなものかは知らないし、用意してくれたことには感謝する。だけど歩のような一般庶民とは感覚が違いすぎる。

「絶対残すだろこれ」

「そうだな」

事もなげに返答され、歩はムッとした。

「勿体《もったい》ないじゃないか。それでなくてもフードロス問題が声高に叫ばれているのに…」

「ほう。歩は世の中の動向を見て、配慮することもできるのか」

咎めているのに、感心されてげんなりする。

どうにか無駄にせずに済む方法はないだろうか。そう考えていた歩は、給仕してくれているスーツの男性とボディガードを見て思いついた。

「みんなで一緒に食べたらいいんじゃない?」

「彼らの食事は別に用意している」

名案とばかりに提案したが、あっさり却下された。

「そうか。…あ、だったら持って帰れたりするかな?」

「あぁ。好きに持ち帰るといい」

歩は頷いて料理を見た。今日は何も作らなくて済みそうだ。

「どれを持ち帰られますか？」

「ええと、じゃあこれと、これと、これを」

スーツの男性に訊かれて答えるが、それでもまだ残してしまう量だ。

「あ、待って。パンとフルーツも…それと…」

迷いながら選んでいると、強い視線を感じた。顔を上げると、エドヴァルドがじっと歩を見ていた。

「…なんだよ？」

不思議に思って訊ねると、笑顔を浮かべた。

「歩は面白いな。そういうところも好みだ」

好意をはっきり口にされて戸惑い、歩はエドヴァルドの顔が見られなくなって視線を彷徨わせた。

だけど不思議と不快感がない。そればかりが、歩の胸はドキドキと高鳴っていた。

Ⅳ

歩がエドヴァルドの国に行っている間、店は休むことになる。突然休業してしまったら、常連客に心配をかけるだろうから、一週間の準備期間は歩にとってもありがたかった。

呪術を受けるには準備も含めて二週間ほど要するらしい。客に休業の理由を訊かれれば東京で行われるバリスタの大会を見に行きがてら、旅行してくると答える様にしていた。

そして一週間後、店のドアに「休業のお知らせ」の貼り紙を貼りつけた。

とりあえず三日分の着替えを用意し、身の回り品と一緒にリュックに詰め込んだ。向こうで淹れられるかどうかわからないが、エドヴァルドが好きなブレンドの豆も挽いた。低血圧の薬と母の形見の鱗も。

閉店後、ひとりになると緊張を感じた。

ちゃんと人間でいられる呪術を受けられるだろうか。呪術に失敗はないのだろうか。そもそも本当に人魚の国はあるのだろうか。

考え出すと元も子もないところへ行きついてしまう。なので、なるべく考えないようにして過ごした。

午前零時。店の前に車が停車した音が聞こえた。

歩はリュックを手にして外へ出た。店の前に停車していたのは、黒のリムジンではなく4WD車だった。車の横にボディガードの二人が立っている。

一人が後部ドアを開いた。

「ありがとうございます」

車に乗ろうとして、後部座席に座っているエドヴァルドと目が合った。

一週間ぶりに見る笑みに、歩は緊張が和らぐ気がした。

隣に座ると、外側からドアが閉じられた。ボディガードがそれぞれ運転席と助手席に乗り込み、車が動き出す。

「荷物が多いな」

歩の膨れたリュックを見て、エドヴァルドが目を丸くする。

「着替えとか…いろいろ。これでも減らしたんだけどな」

「着替えなら用意してあるが、事前に伝えておくべきだったな。すまない」

エドヴァルドに非はない。歩は顔を横に振った。

「自分のものを自分で用意するのは当たり前だよ。…と言っても、エドヴァルドは王子らしいからそうじゃないかもしれないけど」

至極当然のことなのに、エドヴァルドはまた驚いた顔をする。でもすぐに碧眼を緩ませた。

「歩は俺の妻になってもそう言いそうだな」

「……ならないし」

余りにさらっと口にされて、一瞬聞き逃すところだった。気づいたからには訂正を入れておく。

「わからないぞ。俺の国を気に入って住みたいと言うかもしれない」

「まぁ…百歩譲ってそうだとしても、エドヴァルドの奥さんにはならない」

「言い切ったな」

ははは、と愉快そうにエドヴァルドが笑う。

歩は一生人間でいるために行くのだ。他意はない。それを承知しているはずなのに、なぜかエドヴァルドの機嫌がいい。

「もうすぐ着くぞ」

どうしてなんだろうと考えていると声を掛けられ、顔を上げた。

真夜中の海岸道路を走っていた車が脇道へと入り、スピードを落として停車した。

ボディガードが下車し、後部ドアを開けた。エドヴァルドが降車するのを見て歩も続いた。

そこは潮の流れこそ緩やかな入り江だが、水深が一気に深くなる危険な場所で遊泳禁止となっている。地元の人も近寄らないところだ。

不安を感じていると、エドヴァルドがゆっくりと歩き出した。ボディガードに促され、歩も月明りに照らされた砂浜を進む。

打ち寄せる波がギリギリ届かないところで皆が足を止めた。

ここに碧の国に繋がるゲートがあるらしいが、歩にはまったく見えない。

エドヴァルドが何かしたのか、音もなく波が引き始めた。

「…あ」

歩は息を呑んだ。海が真っ二つに割れたのだ。

モーセの十戒。本の挿絵でしか見たことがない光景に瞬きするのも忘れて固まっていると、エドヴァルドが振り向いた。

歩に片手を差し出す。

「来い」

歩はごくりと唾を飲んで、ぎくしゃくと足を動かした。

恐怖しないと言えば嘘だ。でもエドヴァルドがいれば大丈夫だと思える。だからその手を取った。

エドヴァルドに手を引かれ、剥き出しになった砂の上を歩いていく。途中で後ろを振り返ると、ボディガードたちは砂浜に佇んでいる。彼らは一緒に来ないのだろうか。

「彼らは陸で活動している者たちで、碧の国に行くのは俺と歩だけだ」

首を傾げた歩の考えがわかったようで、エドヴァルドがそう説明する。そういう人魚もいるのかと、歩は納得した。

「歩、目を閉じろ」

「えっ…あ、うん」

言われた通りにすると、目蓋の裏が一瞬パチッと明るくなった。

少し怖くなって、エドヴァルドの手を強く握った。

「もう大丈夫だ。開けていいぞ」

歩の不安が伝わったのかそう言って手を離され、歩はゆっくりと目を開いた。

「…えっ?」

そこは先程まで立っていた場所ではなかった。

どうなっているのかと上下左右を見回す。

透明な丸いトンネルの中にいる。トンネルの天井にはライトが灯っていて明るいが、外

は暗くて大小の水泡が上がっているのが見えるだけだ。足元には光を放つ魔法陣のような図柄がある。

「ここって、海の底？　…人魚の世界？」

「ゲートを潜ったところだ」

一瞬のこと過ぎて実感がない。

茫然としていると、前方から男性がひとり歩いてきた。

肩口からくるぶしまである薄いブルーの長衣姿で、金の長髪を肩のところで結っている。

すらりとしたその男性が、エドヴァルドと歩の前で立ち止まって頭を下げた。

「おかえりなさいませ」

「あぁ。歩、俺の側近のユリウスだ」

「…は、初めまして。観崎歩です」

「ご丁寧にありがとうございます。ユリウスと申します」

ユリウスの柔らかな表情に、歩の緊張が緩む。

「お荷物を運ばせましょうか？」

「あっ、いえ。大丈夫です。ありがとうございます」

申し出を丁寧に断り、片手で持っていたリュックを背負った。

「自分のことは自分で、だそうだ」

なぜかエドヴァルドが嬉しそうに言うと、ユリウスは感心したようにほほ笑んだ。

そんなに不思議なことなのだろうか。至って普通のことなのに。

トンネルを進んでいくと、重厚な両開きの扉があった。両サイドに逞しい体躯の男が立っている。衛兵だろうか、エドヴァルドを見ると背筋をぴんと伸ばして一礼し、扉を開いた。

扉の向こうは、長方形のホールになっていた。何本もの太い円柱が支える天井は高く、緻密《ちみつ》な彫刻が施《ほどこ》されている。

歩はどこかに似ているなと考えて、パルテノン神殿だと思い出した。

奥にも扉があり、そこにも衛兵が立っていた。

扉が開かれると廊下に出た。濃紺色の絨毯が敷かれた薄暗い廊下を歩き、突き当たったドアをユリウスが開く。

眩い光が歩の目の前に広がった。

そこは所謂大広間だった。吹き抜けの天井には、見たこともない大きなシャンデリアが幾つも吊られ、きらきらと輝いている。壁には立派な額に入った肖像画が掛かっていて、床は顔が映るくらいにピカピカに磨きあげられている。

そして飾り気のない薄いグレーの服を纏った男女が左右に分かれて並び、頭を下げていた。

「歩」

歩はエドヴァルドの声で我に返った。

「俺は急ぐ用がある。今夜はこのまま部屋で休んでくれ」

「あっ、うん」

「ミケル」

ずらりと並ぶ使用人のほうを見て、ユリウスが声をかける。

ひとりの青年が返事をして列から一歩前へ出た。短髪の若い青年だ。

「彼は使用人のミケルです。ミケルが歩様を部屋へ案内いたします。なんでも彼にお申しつけください」

「はい…ありがとうございます」

「歩、おやすみ」

「おやすみ」

エドヴァルドが頷き、ユリウスを従えて歩いていく。

歩はその後ろ姿を見ながら、エドヴァルドが王子であることを実感した。

「歩様、こちらへどうぞ」

ミケルに促され、歩はエドヴァルドの背から視線を剥がした。

案内された部屋は、エドヴァルドが泊まっていたホテルの寝室より広い。

一番に目を引いたのは、部屋の中央に据えられている天蓋《てんがい》つきのキングサイズのベッドだ。寝具は白で統一されているが、天蓋から下がる珊瑚色のオーガンジーの布がとても美しい。

天井にはクリスタルのシャンデリアが輝き、品の良い家具が置かれている。

壁際に据えられているソファセットの傍には大窓がある。外がどうなっているのか気になって、歩はリュックをソファに置いて窓に近寄った。

こちらの世界も夜なのか、それとも海底だからなのか、外は暗かった。眼下には、仄かな灯りに照らされた庭が広がっている。様々な彫刻やトピアリーがあり、花も咲いているようだ。

「…海の底なのに、いったいどうなっているんだ?」

ふとした疑問が口に出た。

「人魚の国は、海水を通さないドーム状のバリアの中にあります」

背後からの声に、歩はハッと肩越しに振り返る。

人懐っこそうな笑顔を浮かべたミケルが歩を見ていた。

自分以外の者が部屋にいることをすっかり忘却していた。

そういえばエドヴァルドがそんなことを言っていた。

「凄いな。照明とか酸素とか…どうなっているのかなって…不思議です」

「王国の主な動力源は、豊富な天然ガスです。呪いによって祭祀場には太陽と月の光が届くようになっていますが、それ以外の場所は太陽光と同じ光を放つ人工の照明灯を使っています。ドーム内の酸素は海水から作られていて、常に濃度が一定になるよう保たれています」

歩が想像していた人魚の世界が悉《ことごと》く覆される。エドヴァルドが陸と同じように生活していると言っていたが本当だった。それればかりか、想像以上に技術が進んでいる。

「周りが海だということすら忘れますね」

感心すると、ミケルが誇らしげに頷いた。そして片手を挙げて部屋にあるドアを示す。

「あちらにラバトリーとバスルームがございます。寝間着《ねまき》などはベッド傍のクローゼットのチェストにございますので、ご自由にお使いください。それと飲み水はそちらの水差しに…。紅茶やハーブティーなどはお持ちしますのでお申しつけください」

ひとつひとつ丁寧に説明してくれる。

「何かご不明なこととか、ご用はございますか？」

ひと通り案内されたあとにそう訊かれ、歩は「いいえ」と返事した。

「畏まりました。ご用がございましたら、テーブルの上のタブレット端末からご連絡ください。それでは失礼いたします。おやすみなさいませ」

「ありがとう。おやすみなさい」

ミケルが一礼して部屋から出て行った。

歩はどさっと仰向けにベッドに倒れた。

「これって…現実だよな」

天蓋を眺めながら独りごちる。

エドヴァルドがソラモネにやって来てから、歩の生活はがらっと変わった。未体験のことばかりで、驚いたり、困ったり、不安になったりと気が休まらない。

それも鰭に変わらない足を手に入れれば終わるはずだ。

すべてが以前の生活に戻る。

そう考えて安心するかと思いきや、なぜかちくりと胸が痛んだ。

だが、痛みの理由を探すことを、寝心地のいいベッドが邪魔をする。このまま目を閉じたらすぐにでも眠りに落ちてしまいそうで、歩は無理やり身体を起こした。

リュックから持って来た衣服を取り出す。収納しておこうと、大きなクローゼットを開いた。

「…えっ」

中を見て、思わず声が出た。

クローゼットには寝間着どころか、様々な服がびっしりと収納されていた。

どういうことかと驚くが、着替えは用意してあるとエドヴァルドが言っていたことを思い出した。

それにしても多い。一ヶ月以上、毎日違う服を着ても足りるだろう。

短期間の滞在のつもりで来た歩は、苦笑しながら寝間着を取り出した。

「よくお休みになられましたか？」

「はい。それはもうぐっすりと」

翌朝。部屋にやってきたミケルに訊かれ、歩は笑顔で答えた。

環境の変化で眠りが浅くなるかと思ったが、ベッドが心地好くてぐっすり眠れた。そして信じられないくらいに目醒めのいい朝だった。

毎朝決まって起こる低血圧の症状が出なかったのだ。全身が軽くて、目が醒めてすぐにベッドから出られた。そんなことは学生のとき以来で感動した。

「それはよかったです。朝食ですが、こちらにお運びしてもよろしいですか？」

歩はあれ？　と思った。

「エドはもう食べたんですか？」

「エドヴァルド様は政務で早朝に外出されましたので、お済みのはずです」

てっきり一緒に食事をするものだと思っていたから、肩透かしを食らった気持ちになる。

「そうなんですね。それじゃあお願いします」

「では準備をしてまいります」

一礼してミケルが下がる。

エドヴァルドは王子だ。忙しくて当たり前だ。わかっているが、顔が見られなくて残念だなんて思ってしまい、そんな自分自身に当惑する。

気分を変えようと、歩は窓に近寄った。昨夜は暗くてよく見えなかった庭を見下ろす。

想像していたより広大な庭園だ。薔薇のアーチに噴水、四阿《あずまや》が幾つも見える。緑豊かな庭には、色とりどりの花が咲いている。風光明媚《ふうこうめいび》な庭園だ。

ここが海の底だということを忘れてしまいそうだが、上を見ても太陽はない。それなのに、人工の灯りとは思えない光が降り注いでいる。

　国を覆うドームの外側は海のはず。でもここから見る限りそれも全く感じられず、地上とさほど変わりなく思える。ならばいっそのこと陸で暮らそうとは思わないのだろうか。

　そんな疑問を感じながら庭園を眺めていると、ノック音がした。返事をすると、ミケルがワゴンを押して入ってきた。

　テーブルに朝食のプレートが並べられていく。

「わぁ…美味しそう」

　思ったまま口に出すと、ミケルがほほ笑んだ。

「エドヴァルド様が午後にこちらに来られるそうです」

「えっ、ほんと？」

「はい。歩様にお伝えするようにと」

「そっか。…あっ」

「どうかされましたか？」

　エドヴァルドが戻ってくるなら、彼の好きな珈琲を淹れようと思った。最近飲んでいないし、喜んでくれるかもしれない。

「ミケルさん。珈琲サイフォン…か、もしくはドリッパーはありますか？」

「恐れ入りますが、コーヒーサイフォン…とはどのようなものでしょうか」

尋ねるが、申し訳なさそうに訊き返される。

「ええと、珈琲を抽出するための道具なんですが…こういう形の…」

専門器具なので知らないこともあるだろうと、手振りを加えて説明する。だがミケルは一向に腑《ふ》に落ちない顔だ。

「申し訳ありません…コーヒー…とは…？」

そこ？　と歩は目を丸くした。

珈琲自体を知らないことに驚くが、エドヴァルドが初めてソラモネに来たとき、興味津々にサイフォンを見ていたことを思い出す。

だがまさか珈琲がないとは思いもしなかった。

歩はクローゼットを開けて、鞄からクラフト袋を取り出した。袋の口を開き、挽いてきた珈琲豆を手のひらに少し載せてミケルに見せる。

ミケルが物珍しげに凝視してくる。

「紅茶は葉っぱだけど、珈琲は豆なんです。豆を砕いたのがこの状態。これにお湯を通して抽出したものが珈琲という飲みものになるんです」

ミケルは手のひらの上の珈琲豆を覗き込み、すんっと鼻を鳴らした。

です」

「凄く…いい香りですね」

「俺の自慢のブレンドなんだ。いつもエドが美味しいって言ってくれるから持ってきたんです」

そう言うとミケルがくすっと笑った。何がおかしいのだろうと首を傾げると、はっとしたミケルが「失礼しました」と頭を下げた。

「あの…エドヴァルド様のお好きな飲みものを用意しようとされる歩様はお優しいなと、ほほ笑ましくなりました」

歩は愕然とした。

エドヴァルドが喜んでくれたらいいなと思った。その行動がまるで恋する乙女のような振る舞いに見えるほど、エドヴァルドと自分は親しげに見えたのだろうか。

確かに出会った当初のように彼のことを煩わしく思ってはいないが、特別な気持ちがあるわけじゃないのに。

「あ…ええと。温かいうちにいただこうかな」

「どうぞお召し上がりください」

歩は珈琲の袋を閉じた。照れくさいような、ばつが悪いような、なんともいえない気持ちで着席した。

「これでよし」

珈琲を淹れる準備ができた。

ドリッパーは大きめの茶こしで代用、サーバーとケトルは適当に使えそうなものを借りた。フィルターは念のため持参してきてよかった。

即席だが充分だ。歩は満足して頷いた。

「あの…歩様。ひとつお伺いしてもよろしいですか？」

横を見ると、ミケルが真剣な顔をしていた。

「どうかしましたか？」

「紅茶は血糖値の上昇や脂肪の吸収を抑える効能があります。ハーブティーにはリラックス効果が…。珈琲にも何かそういう効能はありますか？」

珈琲に関する質問なら大歓迎だ。

「珈琲にも色んな効能があります。心臓病や癌の予防、血糖値の改善とか肥満防止…があげられるかな」

歩が意気揚々と説明するのを、ミケルは真剣に聞いている。

「なるほど…。腎臓の病についてはどうですか?」

「腎臓?」

ミケルか誰かが腎臓の病を抱えているのだろうか。そう考えたとき。

「ふたりで仲良く何をしているんだ?」

不意によく通る声が部屋に響いた。

振り向くと、ドアの傍に白い長衣姿のエドヴァルドが立っていた。腕組みをして、こちらを見ている。

「あ…おかえり。珈琲を淹れようと思ってさ。これミケルさんに用意してもらって…」

歩はテーブルの上に並べた道具一式を指差すが、ミケルはさっと頭を下げて部屋から出て行ってしまう。

「あっ、ミケルさん?」

呼び止める間もなくドアが閉じられた。道具を用意してくれた礼をちゃんと言いたかったのにと茫然とする。

「何をそんなに残念そうな顔をしているんだ」

エドヴァルドの面白くなさそうな言い方に、歩は眉をひそめた。

「なんで不機嫌なんだ? 仕事で嫌なことでもあった?」

「歩に会いたいから早く終わらせて戻ったのに、使用人といちゃいちゃしていたからだ」

なんだそれ、と頬が引き攣ると同時に脱力する。要するに、くだらない勘違いをして不機嫌になっているということだ。

そういえば更紗に対してもそういうことがあったなと思い出す。

歩はむっとしているエドヴァルドを、呆れた目で見る。

「エドヴァルドが午後に帰ってくると思ったから、珈琲を淹れようとしていたんだよ。ミケルさんにはその手伝いをして貰っていただけ」

説明すると、エドヴァルドは一瞬驚いたように目を見開いてから破顔する。

「俺のためか」

「そうだよ。他に誰がいるんだって……うわっ！」

傍へ歩み寄ってきたエドヴァルドに抱き寄せられて声があがる。

「ちょっ…と、離せよっ」

「いいじゃないか。少しくらい堪能させろ」

「い、や、だっ。ううーっ」

抱き締める力が強くて、藻掻《もが》いてもビクともしない。エドヴァルドの吐息が耳朶を掠めて、ぴくっと首が窄む。

背中に回っている片手が背筋をなぞって下りていき、尻に触れたところでぺちんと叩き落とした。

「どさくさに紛れて何してるんだ。…は、発情してないんだから触んなよ」

批難すると、エドヴァルドが両手を広げて肩を竦めた。だけど嬉しそうに口許が緩んでいる。

「も、もう珈琲は俺の分だけ淹れる」

「それは駄目だ。俺が悪かったから、許してくれ」

「はいはい。淹れるから座って待ってて」

真剣な口調で訴えられ、歩はフィルターに二杯分の豆を入れた。

「そういえばここって珈琲がないんだってね」

「あぁ。俺もソラモネで初めて飲んだんだ。珈琲は陸でも南半球の暑い国でしか生産できないものだろ。そこまでの日照と温度を人工灯では確保できないんだ」

「そっかぁ…」

エドヴァルドがソファに腰を下ろす気配を感じながら、ケトルの湯をそっと注いでいく。ふわっと珈琲のいい香りが広がった。

店で客のために珈琲を淹れる。それが歩にできる唯一のことで、生きがいだ。

だけど、こんなまったりとした時間も悪くない。そう考えてしまい、慌てて内心で否定する。

エドヴァルドの国に来たのは、ずっと人間でいられるようにするため。

そうして早く店に戻って、いままで通りの生活を送るのだ。

「お待たせ」

ふたつのカップをテーブルに運び、エドヴァルドの対面のソファに座った。

エドヴァルドがカップを手に取り、香りを楽しんでから口をつけるのを眺める。

「最高だ」

歩は自分の淹れた珈琲を飲んだ人が、幸せそうな顔をするのを見るのが好きだ。

「歩の美味い珈琲を一緒に飲めるなんてな」

「そうだな。営業中だとこうはいかないから」

同意するように笑って歩もカップに口をつけたとき、部屋のドアがノックされた。

エドヴァルドが入室を促す。姿を見せたのはユリウスだった。

「お寛ぎのところ失礼します。こちらだとミケルに聞いたもので」

「あぁ、何かあったか？」

「呪い師の件ですが、最短ですと明日の夜に呼べますがいかがいたしましょうか？」

「ハイクラスの呪い師だろうな?」

「えぇ、間違いなく」

歩は内容から自分の願いに関することだろうと察する。

「わかった。頼んだぞ」

「畏まりました」

頷いたユリウスが、おや? というように首を傾げた。

「とても芳しい香りが漂っていますね」

「あっ。これです、珈琲…」

歩がカップを指し示すと、ユリウスが納得したようにほほ笑んだ。

「あぁそれが。エドヴァルド様が人間界で嗜《たしな》んでいたそうですね。国に戻る度に口を開けば、歩様に会いたい、珈琲が飲みたい、と…」

「…え」

「ユリウス!」

驚いて出た声が、エドヴァルドの声にかき消された。

エドヴァルドを見ると、決まりが悪そうな顔でユリウスを睨んでいた。

「ふふ。失礼。エドヴァルド様はいままで誰かに執着することがなかったもので…、と。

また叱《しか》られますね。では私はこれで失礼いたします」

恭しく礼をして、ユリウスが部屋から出て行った。

歩はぽかんとしながらドアとエドヴァルドを交互に見た。

エドヴァルドがため息をつく。

「…まったく。あいつは側近だが幼馴染でもあるからな。たまにああいう言動をする」

苦々しげな口調だが、言葉に棘《とげ》は感じられない。エドヴァルドがユリウスを信頼しているのがわかる。

歩は羨《うらや》ましく思った。自分にはそういう存在がいないからだ。

エドヴァルドが空になったカップを置いた。

「歩も聞いたとおり、明日の夜に呪い師が来るから何でも訊けばいい」

「うん。ありがとう」

「それと、俺がいない間、この部屋に籠もっているのも退屈だろうし、庭や図書室に出てもいいぞ」

「本当に?」

あの見事な庭に出る許可を貰い、歩の目が輝く。

「但《ただ》し、歩のフェロモンは男を引き寄せるから必ず使用人を伴うこと。使用人たちは牝のフェロモンに反応しなくなる特別な香水をつけているが、そうでない者にアプローチされないように…虫除けだ」

ワインフェスタでのことを思い出して歩が頷くと、エドヴァルドがソファから立ち上がった。

「仕事を片づけてくる。珈琲の代金は…ソラモネのチケットでいいか？」

茶目っ気混じりに言って片目を瞑る。歩は「いらないよ」と手を振った。

エドヴァルドは多忙なのに、合間に顔を出してくれたのだ。気遣って貰えたことが素直に嬉しくて、歩は笑顔を返した。


エドヴァルドが政務に戻ったあと、歩は早速庭に出た。

出会う使用人たちは、歩を見ると立ち止まって頭を下げる。王子の客人だからだろうが、根っからの庶民である歩は落ち着かない。

庭に出ると人目がなくなってほっとできた。窓から見たときは遠くまで見渡すことができたから、どこに何があるのかがわかったが、実際歩いてみると違う。トピアリーやアーチが迷路のようになっていて、自分がどのあたりにいるのか、方角すらわからなくなる。

それでもミケルが一緒なので安心だ。歩は童心に返ったような気持ちになって、思いのままに庭を見て回った。

幾つめかの薔薇のアーチを潜ると、唐突に視界が開けた。

大きな円形の三段噴水がある。中央に飾られている人魚の彫像が持つ瓶から噴出している水が、下の階層へと流れる様子は荘厳な滝のようだ。

もっと近くで見たくて、歩は噴水に近寄った。

すると、噴水の向こう側から歩いてくる人に気づいた。

白と珊瑚色のグラデーションカラーのドレスを着た少女と、使用人と思しきミケルと同じ出で立ちをした男性だ。男性は、花が入ったかごを持っている。

向こうも歩に気づいたようで、ぴたっと立ち止まった。

「こんにちは」

「…こんにちは」

とりあえず挨拶してみると、少女から返事があった。だがその表情には戸惑いが窺える。

「…どなたかしら？」

「あ…俺は、観崎歩と言います」

そう名乗るが、黙ったまま不思議そうにじっと眺められる。名乗り返しもしない少女に、どうしていいものかと歩も黙ってしまうと、ミケルが口を開いた。

「歩様はエドヴァルド様の婚約者です」

ミケルの言葉に、歩と少女が同時にえっ、と言う。

「俺はそういうんじゃ…」

否定しようとしたが、少女の表情が険しくなり息を呑む。

「男性体の両性なのですね。でもその髪と瞳の色は…碧の国では見掛けないわ。他国出身の方なのかしら?」

そういえばこの国の人は皆、金髪碧眼だ。

「あぁ…俺は父親が人間で、黒い髪と目は父親譲りなんだ」

そう説明すると、少女は口許を押さえてあからさまに顔を顰《しか》め、歩と距離をとった。人間と人魚のハーフだと知ってだろうが、なぜそんな態度をとられるのかわからない。歩はそれ以上話すのをやめた。

淀んだ雰囲気を破ったのは、近づいてくる子どもの笑い声だった。

その場にいる全員が声のするほうに顔を向けた。現れたのは、幼女と上品な雰囲気の美しい女性、それと使用人だった。

少女がさっと彼女のほうへ向き直り、ドレスの端を両手で摘まんでお辞儀《じぎ》をした。ミケルと少女の使用人も丁寧に礼をする。

その様子で、女性がかなり身分の高い人だということがわかる。

「ごきげんよう、イングリッド。風邪はよくなったのかしら？」

「はい、アンネ様。もうすっかり。お気遣いいただき感謝します」

「そう。それはよかったわ。お花を摘んでいるのね」

「はい、アンネ様。ラースおじい様の執務室に飾るお花を。摘んでいい花壇から少しいただきました」

「イングリッドはおじい様思いね」

少女が嬉しそうに微笑する。

歩に向けた態度とは大違いの少女、イングリッドにぽかんとしていると、幼女がアンネの手を引いた。

「ママ、あっちでお花を摘んできていい？」

「いいわよ。ヘンリックお願いね」

女性の使用人が一礼して幼女に着いて行く。

アンネが歩のほうを見た。

「あなたは…歩さんね？」

「は…はい」

なぜ名前を知っているのか。戸惑う歩に、アンネは優雅にほほ笑んだ。

「お会いできて嬉しいわ。私はエドヴァルドの姉のアンネよ」

そう聞いて背筋が伸びた。言われてみれば、目鼻立ちがエドヴァルドと似ている。

歩のことはエドヴァルドが話したのだろう。彼女にも婚約者として伝わっているのかもしれないと思うと、複雑な気持ちになる。

「私のほかにも、メッテとエンマという姉がいるのよ。私が長女で、エドヴァルドは末っ子なの。あぁそうだわ。明日、久し振りに三人が揃うの。歩さんとお話ししたいし、お茶会に招待してもいいかしら?」

「…えっ」

突然のことで、歩は硬直してしまう。

慣れない場所で初対面の人たちとお茶するのは抵抗がある。しかも相手は、エドヴァルドの姉たちだ。間違いなく緊張する。

「歩さん、明日は大丈夫?」

「…明日は…」

できれば断りたくて、ミケルをちらりと見遣る。歩の心中を察してくれたのか、ミケルが頷いた。

「恐れながら私からお答えいたします。歩様は、明日は夜にご予定がありますので、午後でしたら問題ございません」

　ミケルの勘違いに、歩はぎょっとした。

「だったらティータイムで大丈夫ね。中庭の四阿でご一緒しましょう。ふふ、楽しみね、メッテとエンマも会いたがっていたからきっと喜ぶわ。それじゃあ明日。ごきげんよう」

「あ…」

　とんとん拍子に決まってしまった。

　歩は使用人と去っていくアンネの背中を、茫然と見送ることしかできない。ふと、強い視線を感じて振り向いた。

　イングリッドがドレスを握りしめて、歩をじっと睨んでいた。目が合うと、ぱっと踵を返して歩いていく。その後を、手折った花で一杯になったかごを抱えた使用人が追っていった。

　どうせここに長居はしないしと、歩はため息を吐いて噴水の人魚像を見上げた。

その夜。

歩はベッドに入ってもお茶会と呪術のことを考えて、なかなか寝つけずにいた。日付が変わろうとする頃、漸くうとうとし始めたタイミングで、小さいノック音が聞こえた。

重い目蓋を開いて、歩はベッドから出た。

「…はい」

ぼんやりしながらドアを開けると、エドヴァルドが立っていた。

「起きていたら少し話したいと思ったんだが…すまない。起こしてしまったな」

歩はゆっくり左右に顔を振った。

「ううん。起きてた」

「もしかして俺を待っていてくれたのか」

考えごとをして寝つけなかっただけだが、嬉しそうにされ、口に出すのをやめる。

立ち話もなんだからとエドヴァルドを部屋に入れる。エドヴァルドがソファに腰を下ろす。歩も向かい側に座った。

「姉さんにお茶会に誘われたって?」

ミケルに聞いたのだろう。歩が頷くと、すまなさそうに息を吐いた。

「断ってもよかったんだぞ」

「ん…別に予定があるわけじゃないし。でも何を話せばいいかわからない。雑談とか、そういうの得意じゃないから」

「そうか？　店ではうまくやっているじゃないか」

「あれは社交辞令っていうか…営業トークみたいなもので」

歩が肩を竦めると、エドヴァルドが笑った。

「それで充分だ。適当に相槌を打っていればいい」

「会話が続かないじゃないか」

「姉たちはおしゃべりだし、歩と話したくて誘ったんだから大丈夫だ」

庭で会ったアンネは、慈愛に満ちていた。あとふたりの姉もアンネのような人たちだろうか。

そう考えて、イングリッドのことを思い出した。まるで歩を忌《い》み嫌うような目をしていた。気にせずにいようと思ったが、理由があるのなら知りたい。

「…あのさ。イングリッドって娘《こ》にも会ったんだけど、彼女…俺の父さんが人間だと話した途端、凄い嫌そうな顔をしたんだ。なぜだかわかる？」

エドヴァルドに訊いてみる。

「…そうだな。歩が罪人の子だと知ったからだろう」

そういえば以前、エドヴァルドから聞いた。人間と恋に落ちて陸の世界を選んだ人魚は罪人とされる、と。

だが、そうならなぜエドヴァルドは罪人の子を花嫁にしようとしているのか。ふとわいた疑問に顔が強張る。

「歩？」

「もしかして…期限内に結婚しなきゃなんないけど花嫁候補に好みの相手がいないから、とりあえず俺を花嫁に仕立てようとしたのか？　後になってやっぱり罪人の子はまずいと考え直して、婚姻を解消しやすくするための……偽装結婚ってやつ？」

思いつくまま声に出すと、エドヴァルドが首を捻った。

「そんなわけないだろう。占術師が花嫁となり得る者として歩を探し当てたのだから、俺の伴侶となる条件を満たしている。そもそも人間との恋を禁忌にしたのは、呪術で人間の姿になるのに代償が必要なだけではなく体調不良になったり短命になるからだ」

禁忌と言うからもっとネガティブなことを想像したが、人魚を守るためのものだったのか。母の身体が弱かったのも呪いのせいだったのかもしれない。

「それに俺の婚姻に関しては、父である王より一任されている。他者が何を言おうが歩が気にすることは何もない」

立ち上がったエドヴァルドが歩の隣に座り直した。

そっと頬に触れられて、歩の胸が高鳴る。

「俺は歩のひとつひとつに惹かれるんだ。…それだけじゃなく、この手触りのいい漆黒の髪と…」

頬を撫でた手が髪を梳き、目蓋に吐息がかかる。

「覗き込むと揺れて逸れる瞳…」

「あっ」

反射的に閉じた目蓋に口づけられた。

「滑《なめ》らかな肌から匂い立つフェロモンは極上で…」

「んっ、ちょっ…エ…ドっ」

顔じゅうにキスされながら腕や腰を撫でられると、身体がゾクゾクと震えて力が入らなくなる。発情していないはずなのに全身が火照ってくる。これがフェロモンの相性がいいということなのか。

ヤバい。蕩ける。

「…抱けば誰よりも鳴いてかわいい」

流されそうになる寸前、歩は水を差された気分になった。

「誰よりも？」

「あぁ」

訊き返すと、迷わずエドヴァルドが頷いた。

エドヴァルドが誰を抱いて、誰と恋仲であったとしても、歩には関係ない。それなのに彼がいままでに抱いてきた相手と比べられていると思うと、胃のあたりがムカムカする。

「おい」

低い声を出して背中を叩くが、無視されて首筋を吸われる。ちりっとした痛みにびくっとしつつも、力ずくで押しのけた。

エドヴァルドが顔を上げる。明らかに不機嫌な表情だ。

「いいじゃないか、少しくらい。折角歩が王城にいるのになかなか会えないんだし…」

「嫌だ」

最後まで聞かず拒絶する。

エドヴァルドがムッと眉を寄せた。

「急にどうした？」

「誰よりもかわいいとか言われても嬉しくない」

「事実を言ったまでだ。歩を抱いたら、他の女や両性はもう誰も抱きたくなくなった」

無神経すぎると思った。

エドヴァルドが童貞だったとは思わない。王子の夜の相手など、吐いて捨てるほどいるだろう。だけど歩を花嫁にしたいというくせに、他と比べるような言い方をするのは、歩だけでなく過去の相手にも失礼だ。

「…ちょっと待て。エドって、俺以外の両性とも寝たことがあるのか?」

思わず疑問が声に出てしまった。

けれど問うておきながら、なんとなく答えは聞きたくないと思う。

「あぁ。一人だけだがな」

胸がもやついた。

「人間とのハーフじゃない純粋な人魚の両性なんだろ…どうしてその人じゃ駄目だったんだ?」

「フェロモンの相性がよくなかった」

エドヴァルドの答えに、歩は渋面《じゅうめん》を作った。

「でも抱けたんだろ?　フェロモンの相性がそんなに大事なのか?」

エドヴァルドが「もちろん」と頷く。

「それでも俺と結婚しなかったら、ほかの人と結婚するんだろ?」

「王位継承者として跡継ぎを残す義務があるからな。だがフェロモンの相性がいいと、夫婦仲もいい。子宝にも恵まれやすいと言われている。相性には個人差があって、多くのフェロモンと相性がいい者もいればその逆もあるし、必ずしも両者ともに合うとは限らない。俺はこれまで相性がいいと感じた相手はいなかった。だから歩に出会えて幸運に思っている」

つまりフェロモンの相性は、双方向のものではないということだ。

「…俺がエドのフェロモンと相性が悪いと感じているとは思わないのか？」

「いいに決まっている。孕ませたくて興奮するし、歩も孕みたくて濡れるじゃないか」

「は、孕みたいわけじゃない！　身体が勝手に反応するだけだ」

赤面するようなことを堂々と言い放たれる。

「真っ赤だな。処女でもないのに奥ゆかしいところもいい」

ちゅっとリップ音を立てて頬に口づけられ、咄嗟にエドヴァルドと距離をとる。

「しょ、処女ってなんだよ！」

「怒るな。最初はみんな処女だ」

「…ぐ…、こ、この…変態っ！」

恥ずかしくて頭がぐるぐるする。

「おまえは、も、もう帰れ……！」

歩は勢いよく立ち上がり、エドヴァルドの腕を掴んで引っ張った。

「やれやれ。お姫様はご機嫌斜めか」

わざとらしくため息を吐きつつも素直に腰を上げ、エドヴァルドがドアへと向かう。

「おやすみ、歩」

振り向いた穏やかな顔と声に、歩の心臓がトクンと音をたてた。

「……おやすみ」

呟きほどの音量だったのに、エドヴァルドは満足そうに頷いて部屋を出て行った。

自分が追い出したのに、遠ざかっていく靴音にどうしてか切なくなった。

明日は色々なことがある。ちゃんと睡眠をとらなければ。

そう思ってベッドに入って目を閉じるが、頬に残る唇の感触になかなか寝つけなかった。


アンネと約束した時間が迫り、歩はミケルと中庭に出た。

昨日散策した前庭は、洗練されていて華やかだった。そこと比べると中庭は、自然美に溢れていた。

草花の間を縫うように敷かれているレンガの小道を進んでいくと、一面に紅色の花が咲く場所に出た。鮮やかさに目を奪われていると、ミケルがベルガモットだと教えてくれた。

その片隅に八角形の四阿が建っている。

アンネとあと二人女性がいるのが見えた。そのうちの一人が歩に気づき、アンネの肩を叩いた。

アンネが歩のほうを見て、にっこり笑った。

歩は会釈《えしゃく》して近づいた。

「こんにちは、歩さん」

「こんにちは」

歩は緊張しながら挨拶する。ミケルは頭を下げて隅へ移動した。

「よく来てくれたわ。彼女がメッテ、彼女がエンマよ。妹たちは双子なの」

アンネの左右に座っている二人を紹介される。

「あ…歩です。はじめまして」

「はじめまして。弟がいつもお世話になっています」

「んふふ。そんなに畏まらないで。歩さんに会えてとっても嬉しいんだから」

クールな雰囲気で落ち着いた話し方をするのがメッテ、人懐っこく朗らかな話し方をするのがエンマ。双子で顔はよく似ているが、雰囲気と表情は対照的だ。

三人とも艶々と輝く金髪と碧い目をしていて、エドヴァルドと面立ちが似ている。

「どうぞ、お掛けになって。お茶会を始めましょう」

「はい」

歩が席に着くと、アンネは近くに立っている使用人を見遣った。

使用人が一礼して準備を始める。傍らのティーワゴンから、菓子が載ったティースタンドやカップがテーブルに並べられていく。

「歩さん、こちらに来られて体調に変わりはないかしら？」

ポットから紅茶が注がれるのを見ていると、アンネに話しかけられた。

「なぜか体調が良いくらいです。気にかけていただきありがとうございます」

それならよかったとアンネがほほ笑んだ。

話したくてうずうずしていたようで、身を乗り出すようにしてエンマが口を開いた。

「ねぇ、歩さんが住んでいる日本って、どんなところなの？」

「…どんなところ」

「食文化とか、何が流行っているのかとか…教えてほしいわ」

何を話せばいいのか答えあぐねていると、メッテが補足してくれた。

「日本は食文化が多様なので説明が難しいのですが…海に囲まれた島国なので魚介類をよく食べます。主食は昔は米でしたが、いまはパンを食べる人も多いですね。俺の住んでいる地域では酪農が盛んで、チーズなど乳製品が美味しいです。あと流行に関してはすみません。俺は疎くて…」

「まぁ…乳製品はヤギかしら?」

「ヤギを育てている酪農家もいますが、俺が知る限りでは牛が多いですね」

「乳だけじゃなくて、陸では肉もよく食すと聞いたけど本当なの?」

「はい。肉が好きな人は多いです。俺もしょっちゅうではないけど食べます」

「美味しいわよね。気軽に食べれて羨ましいわ。この国ではたくさん育てられないから貴重なの」

彼女たちとの会話で、ここが海の中の世界なのだと再認識する。人間と同じ姿になれるし、言葉も話せる。陸にも簡単に行けるのに、なぜ海中で暮らし続けるのだろう。

「あの…」

三人が同時に歩へ顔を向けた。

「俺はここへ来る前、海の中でこんなふうに皆さんが人間と同じ姿で、人間と同じような生活をしているとは思いませんでした。陸で生活している人たちもいるし、皆さん陸の言葉…日本語を話したりもするのに、どうして海の中で暮らし続けるのでしょうか？」

歩の疑問に、三人は意表を突かれたように顔を見合わせたが、すぐににっこりと笑みを浮かべた。

「そうね。産まれたときからここにいるし、何も不自由を感じないからかしら。わたしたちは人間ではなく足と鰭を持つ人魚だから。周囲の人間の目を気にすることなく陸と同じように暮らせて、人魚姿にもなれる海水のある場所で…となるとここにいることが最適と言えるわね。それに健康な人魚なら問題ないけれど、色々な化学物質が混じっている陸の空気が合わない者もいるのよ。あと言葉は陸の人からすると不思議に思うかもしれないけれど、私たちは言語が違う相手との会話は、それぞれ自分の国の言葉になって聞こえるし、伝わるの。エドヴァルドは陸の語学にも堪能だけどね」

アンネの説明に、歩はなるほどと納得した。

都会は歩が暮らしている街より交通や施設、あらゆることが充実していて便利だ。なぜ都会で暮らさないのかと問われたら、いまの暮らしに不自由さを感じていないし、自分に合っているからと答えるだろう。それと同じなのだ。

「ねぇ難しい話は置いといて、わたしは歩さんとエドヴァルドの話が聞きたいわ。そうね…知り合ったきっかけとか！」

エンマの明るい声が響いた。

「えーとそれは…俺が経営しているカフェにエドが来て…」

「カフェ?」

エンマがきょとんとする。歩はこの国に珈琲がなかったことを思い出した。

「珈琲という飲みものをメインに提供する喫茶店のことを、陸では一般的にカフェと呼ぶんです」

「珈琲…陸に関する書物で見た記憶があります。確か黒いお茶だとか?」

「はい。ここにはないとエドから聞きました」

「飲んでみたいわ。ねぇメッテもそう思わない?」

「そうね。陸と交易している商会に手に入らないか訊いてみてもいいかも」

アンネの問いに歩が答えると、双子の姉妹が興味を示した。

歩は陸から珈琲豆を持参している。道具は専用のものではないが、ミケルが用意してくれたものがあるから、三人に珈琲を振舞える。

「珈琲豆を持ってきているので淹れることができます。もしよろしければ飲んでみませんか?」

提案してみると、アンネが顔を輝かせた。

「歩さんに手間をお掛けしてしまいますが…お願いしてもよろしいかしら？」

「はい」

珈琲を振舞うことは、歩にとって喜びだ。

道具一式をミケルが持ってきてくれることになり、温めたミルクと砂糖も頼んだ。

その間、紅茶を飲みながら訊かれるままに珈琲について話した。

戻ってきたミケルから道具を受け取った歩は、好奇心いっぱいの目をした三人の前で手際よく準備する。

歩は、抽出した珈琲をカップに注ぐとそれぞれの前に置いた。

三人がカップの中をまじまじと見つめる。

「本当に黒いわ。でもいい香り…」

「珈琲って、こんな匂いがするものだったのね！」

「…芳醇」

美味しく淹れられた自信はある。だが彼女たちが飲むまでは、歩の胸のドキドキは鎮まらない。

「ではいただきましょうか」

アンネに上品な笑顔を向けられ、歩は「どうぞ」と頷いた。

三人が一斉にカップを手に取った。

緊張の一瞬だ。

「まぁ…美味しい」

「…気に入ったわ」

アンネとメッテが歩の顔を見て言った。

歩は内心でほっと息をつき、エンマを見遣った。

「…苦いわ。苦くて飲めない」

困り顔でエンマがカップをソーサーに置いた。

「ではミルクや砂糖を入れてみてください」

頷いたエンマが自分の珈琲にミルクを注ぎ入れた。

「どうですか?」

恐る恐る口をつけたエンマの顔が、ぱっと明るくなった。

「凄く美味しいわ！　ありがとう、歩さん」

「こちらこそありがとうございます。俺の珈琲を飲んでもらえて嬉しいです」

珈琲が苦手な人は意外といる。三人には気に入ってもらえたことが嬉しくて声が弾んだ。

「ところで歩さん」

双子の姉妹があれこれと感想を言い合いながら珈琲を飲んでいるのを眺めていると、アンネに話しかけられた。

「エドヴァルドから聞いたのだけど、歩さんは人魚の血が流れているということを知らなかったのよね？」

「あ…はい。まったく」

歩はこくりと頷いた。

「エドが王子…というのもまったく信じられなくて。…正直に言うと、こっちに来るまでは信じていなかったんです」

「何も知らずに暮らしていた歩さんにしてみれば驚きでしかなかったでしょう。こちら側の都合に巻き込まれた形になったんですものね」

アンネなら本当のことを話してわかってくれるかもしれない。そう思ったが、アンネが「それでも」と続けた。

「よく来てくれたわ。この国の王子はエドヴァルドひとりだから、どうしても彼の結婚には注目が集まるの。だけど自分から進んで相手を選ぶわけでもなく、花嫁候補にもまったく興味を示さなくて。エドヴァルドが結婚する気になってくれて、私たちはとても喜んでいるのよ」

期待に満ちた目で見られて、歩は戸惑った。

歩がこの国に来たのは、完全な人間の姿を得る呪術を受けるためだ。だが、双子の姉妹にも同じような視線を向けられ、本当のことを打ち明けられる雰囲気ではない。

「…王子の伴侶とか…そんな。俺は人間とのハーフですし…」

遠回しにそう否定すると、エンマが首を傾げた。

「それは初めからわかっていたことだし、エドヴァルドと歩さんはフェロモンで惹かれあっているんでしょう?」

「それは…」

「何か他に問題とか、気に入らないことがあるの?」

「そ、そういうわけじゃ…」

「だったら…」

エンマの勢いに歩が言い淀んでいると、アンネが口を開いた。

「歩さん。私もエドヴァルドのことで伺ってもいいかしら?」

「え…あ、はい」

なにを訊かれるのかと、緊張する。

「エドヴァルドの言動に疑問を感じたとき、歩さんならどうしますか?」

なぜそんなことを、と思う。歩はエドヴァルドの伴侶にはならないのに。どう答えていいか惑いながらも、想像しながら思うままを言葉にする。

「…疑問を感じたなら、なぜかを訊きます。…あの、上手《うま》く言えないのですが、何か理由があると思うんです。…でもその理由に納得できなければ、そのときはそう言うと思います」

答えになっただろうかとアンネのほうを見遣る。

「エドヴァルドはこの国のただ一人の王位継承者です。王になることが決まっているから、皆が彼におもねてしまう。だから疑問を感じたときには、きちんと声を上げてくれる人が望ましいと思っていたのです。…歩さんでよかったわ」

安心したようにほほ笑むアンネを見ると、ますます本当のことを言えなくなった。

そうしてお茶会が終わり、ミケルと一緒に中庭に面した回廊《かいろう》を歩いているときだ。前方から黒い長衣姿の白髪の老人と、少女が歩いてきた。少女はイングリッドだった。

親し気に寄り添って話しているところをみると、杖を持った老人はイングリッドの祖父のラースだろうか。

歩に気づいたイングリッドが、あからさまに眉を寄せてラースに何か伝えた。ラースが顔を上げて歩を見る。

ミケルが立ち止まったラースとイングリッドに頭を下げた。

「…ずっと陸で暮らしてきたのなら、厳格な決まりごとの多い我が国は窮屈に感じませんかな？　後悔することになる前に陸へ戻るのが賢明だと思いますよ」

そう言うと、ラースは再び歩き出した。イングリッドもついて行く。

口調は穏やかであったが、ラースにも良く思われていないことがわかる。

来たくて来たわけじゃない。呪術が成功すれば陸に帰るのにと、もやっとした。

息を吐いて歩も歩き出すと、後ろからパタパタと駆けてくる足音が聞こえてきた。振り向くと、息を乱したイングリッドが立っていた。

イングリッドが、きっと強い眼差しで歩を見上げた。

「わ、私は、この国の王となられるエドヴァルド様の妃になるために育ち、教育を受けてきたの。あなたは人間とのハーフなのだから、罪人の子でしょう？　そんな方がエドヴァルド様に添えると思っているの？」

ひと息で言い切った。

「イングリッド様…」

ミケルが慌てて間に入るが、罪人の子と言われても、それほど衝撃はない。エドヴァルドに気にするなと言われたし、陸に上がって父と結婚した母がこの国では罪人だとしても、

歩には関係ないからだ。だが、望んでもいないことで責められるのは納得がいかない。

「俺はエドとは結婚…」

「あなたさえ来なければ何も問題はなかったのに。エドヴァルド様と結婚するのは私よ。そう決まっているの。それに…私はエドヴァルド様を愛しています！」

歩の言葉をイングリッドが遮った。

そして踵を返すと、早足で来た道を戻って行く。

歩はその場に佇んだまま、遠ざかっていく少女の背を複雑な気持ちで眺めた。


ひとりでの夕食後、歩はすることもなくて部屋からぼんやりと庭を見下ろしながら、物思いに耽《ふけ》っていた。

イングリッドは、エドヴァルドとの結婚が決まっていると言った――。

花嫁候補に見向きもしなかったとアンネは言っていたし、エドヴァルドも自分で選びたいと話していた。少なからずエドヴァルドに好意を持たれていると歩は思っている。それなのに、イングリッドと結婚が決まっているというのは、一体どういうことなのか。

歩は完全な人間の姿を手に入れて陸に戻る。そのあと、エドヴァルドとイングリッドが結婚したとしても関係ない。

　エドヴァルドの姉たちには歓迎されたが、国にとっては罪人の子が未来の王の伴侶になるより、きちんとした花嫁候補が伴侶になるほうがいいはずだ。

　それに、イングリッドはエドヴァルドのことを「愛している」ときっぱり言った。彼女のほうが、エドヴァルドの花嫁にふさわしいに決まっている。

　そうわかっているのに、鬱々《うつうつ》とした気分になっている。

「歩、入るぞ」

　背後から聞こえたノック音と声にハッとした。

　振り向くと、ドアが開いてエドヴァルドが入ってきた。

「どうした？　浮かない顔をしているな。何かあったか？」

　どうやら胸のもやもやが顔に出てしまっていたようだ。エドヴァルドのことを考えていたとは言えず、歩は曖昧に首を左右に振った。

「…姉さんたちに何か言われたんだな」

　そう決めつけて、エドヴァルドが身を翻した。彼女たちに訊きに行くつもりだと悟り、歩は慌ててエドヴァルドを呼び止めた。

「ち、違うよ。アンネさんたちじゃなくて、イングリッドって娘が…」

ついそう口走ってしまい、うっと口を閉じた。

「イングリッド?」

エドヴァルドが怪訝そうに振り返る。

「あ…違うんだ。えっと…」

「イングリッドがどうしたんだ?」

強い眼差しに、歩は目を泳がせてしまう。

誤魔化せないと思い、観念した。

「…エドは俺にプロポーズしたけど、彼女が、結婚するのは私だ、そう決まっているって言ったんだ。…本当なのか?」

「あぁ」

あっさりと答えられ、歩は驚いた。

「でもそれは、歩が人間であることを選んだ場合だ。占いで出た結婚までの期限は一年。その期限までに伴侶を見つけられなければ、国で決めた相手と結婚することを了承していたんだ」

それがあのイングリッドというわけか。

自分が断れば他の人と結婚するのだろうとは思っていた。だけどまさか先にその相手が決まっているとは思わなかった。

散々迫られ、身体を繋げた歩からすれば、断る前提だとしても複雑な気持ちになる。

「…じゃあ、俺がもし…プロポーズを受けるって言ったら、エドは俺と結婚するのか？」

「当然だ」

だが歩は聞いたのだ。歩では駄目だと。

「エドはそういうけど、俺は罪人の子だからエドと結婚できないって言われた」

エドヴァルドが僅かに片眉を上げた。

「他人が何をどう言おうが気にするなと言っただろう？　俺が結婚したいのは歩だけだ。俺が選んだ伴侶を否定することは誰にもできない」

きっぱりと言い放たれ、歩は不覚にもドキッとした。

何事にもぶれないエドヴァルドが言うと、不思議にもその通りだと思えてしまう。

強張っていた歩の身体から力が抜ける。胸のつかえが取れていくのを感じたとき、部屋のドアがノックされた。

「入れ」

エドヴァルドが入室を許可する。

ドアを開けて、部屋に入ってきたのはユリウスだ。

「失礼します。呪い師を連れて参りました」

「あぁ。…歩、大丈夫か？」

エドヴァルドに問われ、歩は両手で頬を軽く叩き、深呼吸をして気持ちを切り替える。

エドヴァルドが返事をすると、ユリウスが後ろを顧《かえり》みて頷いた。

フードを被った黒いマント姿の人が姿を見せた。

ユリウスが部屋のドアを閉める。

四人だけになると、呪い師がフードを下ろした。歩は小さく息を呑んだ。

勝手に老婆を想像していたが、呪い師は歩とそう変わらない年齢に見える。中性的な面立ちをしていて、剃っているのか頭髪はなく、曼荼羅《まんだら》のような不思議な模様が頭部に描かれている。

「エヴァと申します」

透き通った声だ。性別の判断ができない。

「彼が歩だ」

エドヴァルドから紹介されて「よろしくお願いします」と頭を下げる。エヴァも静かに一礼した。

「座って話そう。歩、こちらへ」

エドヴァルドがソファに座るよう促す。

歩はエドヴァルドの隣に移動した。呪い師は対面の席に腰を落ち着ける。ユリウスはエドヴァルドの後ろに立つ。

「必要な話は済んでいるのか？」

「はい」

エドヴァルドに問われ、ユリウスが返答した。

「よし。それじゃ始めようか」

そう切り出し、エドヴァルドが歩のほうを見た。歩は頷いて、緊張しながらエヴァに話しかける。

「足が…鰭にならないように、ずっと人間の姿でいられるようにしていただきたくて陸から来ました。でもそれには代償が必要だと聞きました。それが何かということと…疑うわけではないのですが、本当に人間でいられるようになるのか、それを訊きたくて…」

エヴァが小さく頷いた。

「歩様には人間の血が流れているので、成功する確率は高いと言えます。ですが高等の呪術な上に、なにぶん初めてのケースですので百パーセントと言い切ることができません」

「そう…なんですか」

絶対ではないとわかって、声のトーンがやや沈む。

だが、いまのままでは発情の度に足が尾鰭に変化してしまう。失敗する可能性があっても試してみる価値は充分ある。

「それで代償というのは…」

「生き物が持つ五つの感覚のうち、どれか一つを代償とします」

「五つの感覚…」

歩が反芻すると、それまで黙っていたエドヴァルドが口を開いた。

「触覚、視覚、聴覚、嗅覚。そして味覚が五感だな」

「そんなの…どれも失くせないよ」

まさかそんな大きな代償が必要になるとは思わなかった。

珈琲を淹れるにはどの感覚も重要だ。ひとつ失えば、いまと同じ味や香りの珈琲は出せない。カフェの経営自体危ぶまれる。

「歩の母親もいずれかを失っていたということだよな」

エドヴァルドの呟きが耳に届いた。

そういうことになる。だけど母が五感のどれかを失っていたとは思えない。

「歩様のお母様に呪いを施したのは私の師匠ですが…もう亡くなっているのです」

そもそも禁忌とされる呪術だ。施した当人でないとわからないということだろう。

「その方の何か…念が込められたものがあれば、もしかするとわかるかもしれません」

「念…？」

そう聞いて、歩はハッとして立ち上がった。

ベッド傍のクローゼットを開けて鞄の中から小箱を取り出し、ソファに戻る。

「母さんの鱗が入っています」

歩は箱の蓋を開けて、エヴァに手渡す。

エヴァがそっと目を伏せ、鱗に手のひらを翳《かざ》す。

歩は固唾《かたず》を呑んだ。エドヴァルドとユリウスも黙して見守っている。

「…お母様は、歩様の作る飲みものがとてもお好きでしたね」

「はい。そうです。母は俺の淹れる珈琲が世界一美味しいって…！」

興奮して、思わず声を張ってしまう。

ゆっくり双眸を開いたエヴァは神妙《しんみょう》な面持ちで、歩はなんだろうと身構えてしまう。

「お母様が呪術の代償で失くされたのは、味覚です」

明かされた瞬間、歩は目を見開いたまま固まった。

「…え？」

感情より遅れて声が出る。

だってそんなはずはない。毎日歩の珈琲を好きだと言って飲んでいた。美味しいと褒めてくれた。それが嬉しかったのに。

衝撃で言葉が出ない歩の背を、エドヴァルドの大きな手のひらがそっと撫でた。


「落ち着いたか？」

声を掛けられて、歩は顔を上げた。隣を見ると、普段と変わらない様子のエドヴァルドがいる。歩は曖昧に頷いて、両手で持っていたマグカップをテーブルに置いた。

呪い師とユリウスが退出したあと、エドヴァルドが使用人にホットミルクを持ってこさせたのだ。その気遣いがありがたく、嬉しかった。

「まぁゆっくり…歩の時間が許すまで考えるといい」

母のことは凹《へこ》むけれど、過ぎたことだ。自身のことを考えなければならない。

だが答えが出せるだろうか。いままで通りにカフェの経営を続けたいのだ。失くす感覚を選ぶのは難しすぎる。

無意識にため息を吐くと、エドヴァルドが上着の内ポケットから何かを取り出した。

それは一枚の写真だった。

睡蓮《すいれん》のような花が写っているが、見たことがない色に驚く。

「虹色をした花だなんて…これ造花？」

「いや、水中花だ」

「水中花？」

「水中で咲く花のことだ。この花はベンブロムといって、この国の海域にしか生息しない。一年の間に七日だけ花を咲かせるが、同じ場所では見られない。種子が微小で毎年どこで咲くかわからないんだ」

「へぇ…貴重な花なんだな」

花に特別な思い入れはない。だけど虹色の花など見たことがない。しかもここでしか見られないと聞けば興味をそそられる。

歩はまじまじと見入った。

「見てみたいか？」

訊かれて頷いた。

「じゃあ連れて行ってやる」

「え、でも、いつどこで咲くかわからないんじゃ…」

「国の研究機関がつぼみを見つけた。恐らく二、三日中に開花する」

「そうなんだ、凄いな。あ、でも…俺は観光で来たわけじゃないし…」

こうしている間もソラモネは閉めたままだ。常連客たちが待っているのに、のんびりと過ごしていていいのだろうか。

「いずれかの代償を受け入れて呪いをかけてもらうかどうか。すぐには答えをだせないだろう？　気分転換だと思えばいいじゃないか」

エドヴァルドに言われるとそう思えてくる。本物は写真より更に綺麗だろう。珍しい水中花を見て気分が変われば、いい答えが見つかるかもしれない。

自分は前向きなタイプではないのに、そんな考え方ができているのはポジティブなエドヴァルドの影響だろうか。

「そうだな。楽しみにしておくよ」

「あぁ」

エドヴァルドがゆったりと笑って腰を上げた。

「明日の朝食はダイニングで一緒に摂ろう。おやすみ、歩」

「うん。おやすみ」

ドアノブに手を掛けたところでエドヴァルドが振り向いた。

「珈琲は味だけじゃない。歩の珈琲は香りも一級品だ」

「……え」

歩にそう言い残して、エドヴァルドが部屋を出ていった。

歩の胸がじんわりと温かくなる。

他の珈琲を飲んだことないくせに。でも嬉しかった。

母はきっと歩の珈琲の香りを好きでいてくれたはず。

そう思えたから。


次の日の朝。歩の部屋にやって来たのは、ミケルではない別の使用人だった。なにやら急用ができたらしい。

今日はエドヴァルドと一緒に朝食を摂るからか、ダイニングに案内される。ダイニングは後庭に面した一階にあり、大きな窓から陽射しがふんだんに入る、明るくて広い空間だった。

入室して真っ先に目に入ったのは大テーブルだが、席に着いている者はいない。

なぜか使用人はそこで止まらず、ダイニングから続くテラスに出る。

エレガントな白いガーデンテーブルがあり、そこにエドヴァルドを見つけた。

エドヴァルドが歩に気づいてほほ笑んだ。

「おはよう」

「…おはよう」

笑顔にドキッとしながら、使用人が引いてくれた椅子に座る。

「よく眠れたか？」

「うん」

毎日忙しくしているのに疲れた顔も見せず、歩を気遣ってくれて落ち着かない気分になる。

「…エドのおかげ…かな」

「俺の？」

本当のことだ。だけど不思議そうに顔を見られると照れくさい。

「あっ、朝顔が咲いてる」

エドヴァルドの疑問に気づかないふりをして、ふと目についた庭の花を指差した。

「ん？　あぁあれはオーシャンブルーという種類らしい」

「へぇ。碧の国にぴったりな名前だな」

わざと話題を変えたことにエドヴァルドは気付いているだろう。それでもそのまま流されてくれる。

程なくして、朝食が運ばれてきた。

「うわ、美味しそう」

ふわふわ卵のオムレツとグラタンのセット。新鮮な野菜のサラダにスープ、ハムとチーズ。芳ばしいパンの香り。どれもが歩の食欲をくすぐった。

「他に食べたいものがあればリクエストすればいい。…珈琲以外な」

「ははっ。ありがとう。でも充分だ」

「そうか。じゃ、俺はティータイムに歩の珈琲をリクエストする」

「わかった。用意しておくよ」

エドヴァルドがふっと笑った。彼の笑顔を見て、歩は自分も笑顔になっていることに気づく。

究極の選択をしなければならないのに、こんなに和やかな気分でいる。

エドヴァルドに会う前の歩なら、ひとりで鬱々と考え込んでいたはずだ。自分のことを気遣ってくれるひとの存在は大きくてありがたい。

エドヴァルドがカトラリーに手を伸ばした。歩もフォークを手に取る。

「いただきます」

サラダから手をつける。トマトが瑞々しくて美味しい。

それだけで嬉しく感じてしまうことに、歩は胸の内で苦笑する。でも悪い気分じゃない。

エドヴァルドの時間が許すまで他愛ない話をしながら、ゆったりとした時間を過ごした。

食事後、エドヴァルドは執務室に向かった。歩は部屋に戻ろうと、使用人と廊下を歩いていた。何気なく窓から外を見遣ると、渡り廊下にミケルの姿を見つけた。

そういえば急用があると聞いていたなと思い出す。視線を戻そうとして、ミケルと一緒にいる人が目に入って足を止めた。

黒い長衣姿の杖を持った白髪の老人。遠目からでも、イングリッドの祖父のラースだとわかった。

何を話しているのだろう。なんとなく嫌な胸騒ぎがするが、ミケルはこちらに背を向けていて表情は窺えない。

「歩様?」

立ち止まった歩を心配して、使用人から声が掛かる。

「あ、すみません」

少し気にはなったが、歩は彼らから視線を剥がすと、長い廊下を歩いて部屋へ戻った。

V

呪い師と会ってから三日が経っていた。

歩は、「代償」となる感覚について、いまはあまり考えないようにしていた。

幸い碧の国に来てから発情の症状は出てない。発情期間は一ヶ月程度と聞いたので、終わっているのかもしれない。

酷い低血圧の症状もまったく出ない。毎朝、快適な目醒めで身体が軽いし、頭もはっきりしていて、庭の美しさを楽しむ余裕もある。体調の良し悪しでこうも違うのかと驚くばかりだ。

「歩様。何かご用はございますか?」

タオルとバスローブの取り換えを終えたミケルが、ラバトリーから出てきた。

特にないと伝えようとした歩は、なんとなく元気がなさそうなミケルの顔を見て、ふと思い出した。

先日話していた珈琲の効能についての話だ。確か、腎臓がどうとか言っていた。エドヴァルドが入ってきて中断してしまい、すっかり忘れていた。

「ミケルさん。この前話していた珈琲で腎臓の病気がよくなるかどうかって話ですが、結論から言うと、珈琲が腎臓にいいかどうかはわかっていないんです。珈琲に含まれるカフェインという成分には利尿作用があって、腎臓が健康な人にはなんでもないけど、そうでないなら悪化させる可能性があります」

歩が持っている知識で語ると、ミケルの表情が暗くなった。

「…どなたか腎臓の病気を患《わずら》っているんですか？」

歩が訊くと、何か迷うように視線を彷徨わせてから頷いた。

「母が…。腎臓の病で臥《ふ》せるようになって。病状が重くなるにつれて脆くなった骨が折れて…痛みが酷いらしく動けなくなってしまいました」

いつも笑顔を絶やさないミケルにそんな事情があるとは思わなかった。

「病院には行ったんですか？」

「医者に診てもらいましたが、匙《さじ》を投げられている状態です」

「…そんなに」

「一般の病院で治せない怪我や病には、呪いや薬湯《やくとう》が効くと言われていますが、呪い師の中でも病気の治療ができる呪医は少なく、腎臓病の薬湯は凄く高価なので…」

ミケルにかける言葉が見つからない。半ば諦めたように肩を落とすミケルが気の毒だった。歩も似たような状況で母を亡くしたから尚更だ。

何か力になれないだろうか。でも歩の能力では病気は治せない。それならせめて骨折だけでも治せたらと思った。

「ミケルさん。俺は呪医だった母さんの能力を受け継いでいるんです。病気は治せないけど…骨折なら治せるので、その痛みは取り除けるかと。よかったらミケルさんのお母さんに会わせてもらえませんか？」

俯いていたミケルが顔を上げた。

「よ、よろしいのですか？」

「病気が治せないのは申し訳ないけど、少しでも力になれたら…」

煩わしく感じてきた能力だ。自ら進んで使おうとしている自分が信じられない。だけどエドヴァルドが言っていた。歩の能力は「誇っていい」と。

「でも…歩様はエドヴァルド様の花嫁になられるお方です。使用人の私がそんなこと…頼めません」

花嫁になると決めたわけではないし、事情を話せばエドヴァルドならわかってくれると思う。とはいえ、ミケルの立場を考えれば気兼ねするのもわかる。

「ミケルさんのお母さんはどこに住んでいるんですか？」

「城下街の私の家ですが…」

「ここから遠い場所ですか?」

「王城から三十分ほど歩いたところです」

それくらいならと歩は頷く。骨折を治すのにそう時間はかからない。エドヴァルドが政務をしている間に、行って戻ってこられる。内緒で遂行できると思った。

「エドのスケジュールってわかりますか?」

ミケルが首を横に振った。

「存じ上げません。ユリウス様でないと…」

「今日はどこかへ視察に行くって言っていたけど…ユリウスさんも一緒かな」

「いいえ、確か執務室にいらっしゃいます」

ユリウスにこっそり訊くにしても、突然スケジュールを尋ねるのは不自然だ。どうすれば自然に訊けるだろう。そう考えたとき、テーブルに飾った水中花の写真が目に入った。

「ユリウスさんの執務室まで案内してもらえますか?」

戸惑うミケルを「考えがある」と言いくるめ、歩は部屋を出た。

ユリウスの執務室は、エドヴァルドの執務室の隣にあった。

緊張した面持ちのミケルがドアをノックする。室内から返答がありドアを開いた。

淡いペールブルーの壁紙が目を引く室内は、アンティークのインテリアで揃えられている。歩もミケル同様硬くなっていたが、優しい雰囲気の室内に幾分か緊張が解れた。

大きな窓の傍にある執務机に、ユリウスが座っていた。

「おや？　あなたでしたか」

歩を見たユリウスが席を立った。

「お仕事中すみません。ちょっとお伺いしたいことがあって…ほんの少しで構いませんので、お時間いただけませんか？　あっ、エドにはちょっと…内緒で」

歩のお願いに、ユリウスは何か考える素振りを見せたあと柔和《にゅうわ》な笑みで頷いた。

「こちらへどうぞ」

ソファに座るよう促され、歩は腰を下ろす。ユリウスがちらっと見ると、ミケルが一礼して下がる。

「それで…お話とはなんでしょう？」

「はい。え…と、エドのスケジュールを知りたくて」

単刀直入に訊くと、ユリウスが首を傾げた。なぜ私に？　という顔だ。

だがそれは想定内だ。実は、と歩は切り出した。

「珍しい水中花を見に連れて行ってもらう約束をしているんです。二、三日中に咲くと聞いたんだけど、忙しいなら無理はして欲しくなくて。だからどんな状況なのかなと、こっそりと教えて貰おうかなって」

嘘をつくのは心苦しいが、悪いことをするわけじゃない。

はらはらどきどきしながら反応を窺っていると、ユリウスが「なるほど」と呟いた。

「エドヴァルド様のことを心配されてのことなのですね。エドヴァルド様は、陸に行っていた間の執務がかなり溜まっている状態です。特に明日は会議続きで、王城外にも出向かれるので心身ともに休まらないでしょう。ですが、明後日はオフですし、以降少しゆとりができるかと」

ということは、決行するには明日しかないということだ。

「忙しいのは明日まで…」

「ええ。ずっとお休みなく働かれているので、エドヴァルド様はとてもお疲れになっていると思います。歩様と一緒にいると、とても寛げると仰っていました。明後日にはたっぷりと癒してさしあげてください」

「わかりました」

歩が答えると、ユリウスが小首を傾げた。

「エドヴァルド様の妃になる気はないと聞いていましたが、随分素直なんですね」

「…えっ」

不自然だったかと、歩はギクリとした。だが、

「ふふ。エドヴァルド様が知ったらさぞ喜ぶでしょうね。…内緒ですけど」

ユリウスが唇に人差し指をあててクスリと笑うのに胸を撫でおろす。

歩はユリウスに礼を言って退室した。

そして、部屋の外で待っていたミケルに報告する。

「…明日、昼食のあと出かけましょう」

歩がそう言うと、ごくりと喉を鳴らしたミケルが小さく頷いた。


翌朝の朝食時。明日、水中花を見に連れて行ってくれるというエドヴァルドのメッセージがミケルから伝えられた。

約束を覚えてくれていたことが素直に嬉しい。

エドヴァルドも頑張っている。だから歩も自分にできることをしよう、と思いを強くする。

昼食後、ミケルと一緒に部屋を出た。

黒髪は目立つということで、ミケルに渡された帽子を被った。後庭に使用人たちが使う出入口があるらしい。そこから王城の外に出る手筈だ。

回廊を渡っていると、前方から集団が歩いてくるのが見えた。

先頭にいるのはエドヴァルドだ。後ろに黒い長衣姿の人たちを従えている。

ミケルが回廊の脇に寄って一行に頭を下げる。ぎくっとしつつ、邪魔にならないように歩もミケルの隣に立った。

エドヴァルドは疲れを一切感じさせない凛とした表情をしている。まだ若いのに威風堂々としていて格好いい。

歩と目が合うと、エドヴァルドが立ち止まった。引き締まった顔が優しいほほ笑みに変わった。

「昼食は済んだのか?」

「うん」

「どこへ行くんだ?」

「あ、庭…を散歩でもしようかなって」

咄嗟についた嘘を疑わずに「そうか」と答えるエドヴァルドに、歩の胸がチクリと痛む。

自分とエドヴァルドのやりとりを穏やかな目で見ている一行の中で、歩を睨んでいる者がいた。ラースだ。

歩はびくっとして、すぐにラースから目を逸らした。

「明日、歩と一緒にベンブロムを見るのが楽しみだ」

「お、俺も楽しみにしてる」

エドヴァルドは、また夜にと話を切り上げて再び歩き出した。うまくやり過ごせてほっとしたが、すれ違う際にもラースに忌々しげな顔をされ、歩は不快な気分になった。

「…イングリッドさんのおじいさんなら…そりゃそうだよな」

歩は一行が遠ざかってから呟いた。

「…ラース様が何か？」

問われて横を見ると、ミケルが顔を強張らせていた。なんだろう。そんなに怖い人なのだろうかと思いつつ、なんでもないと顔を横に振った。

とにかくいまは、ミケルの母を治療することだけを考えよう。

歩とミケルは城の外へ出た。街へと続く道を歩いて行くと、建物の陰に一台の小型車が停まっていた。

「歩様、急いでください」

ミケルが周囲に目を配りながら後部ドアを開けた。車で向かうとは思わなかった歩は一瞬躊躇した。だが、早く戻って来られるように手配してくれたのだろうと思い、後部座席に乗り込んだ。

後部ドアを閉じたミケルが助手席に乗り込むと、すぐに車が発進した。

歩は運転席へと目を向けた。運転しているのは大柄な男性だ。使用人が着る服ではなく、亜麻《あま》色の裾の長いシャツとパンツというラフな格好をしている。

王城の人ではなさそうだ。訊けばミケルの友だちだという。

緩やかなカーブを描く一本道を下っていくと、淡色屋根の建物が整然と建ち並ぶ一角に出た。それらが商店であることは、店先に出ている品や看板で知れる。店はどこも賑わっているようで、活気のある街だ。

海の底の世界だというのがいまでも不思議で、夢を見ているように感じてしまう。

車が大きな通りから外れ、幅の狭い道に入った。車窓からの景色が、商店街から住宅街らしきものに変わる。

だけど車はスピードを落とすことなく進み、建物に代わって木が目立つようになってきた。曲がりくねった坂道を上っていくのに、歩は疑問を持った。

ミケルの母が住んでいる家は、城から歩いて三十分程度だと言っていた。ならば、もう到着していてもいいのではないか。

「あの…ミケルさん？」

不審を抱いて声を掛けたが、ミケルはじっと前を見据えたままだ。運転席の男も素知らぬ顔をしている。

「ちょっと一旦車を停めてください」

そう訴えると、運転席の男が舌打ちした。

「もうすぐ着きますから…お願いです、どうかお静かに」

やっと発したミケルの声が震えている。

なんだこれは。どう考えてもおかしい。だが車はスピードを出して走っていて、飛び降りることもできない。

そうこうしていると、古ぼけた建物の前で車が停まった。建物から男が二人出て来るのが目に入った。

危険を感じた歩は、咄嗟にドアを開けて逃げようとした。しかし、男たちに捕まってしまう。

「いたっ…。な、何するんだ！」

歩は男の手を振り解こうとしたが、力が強くて敵わない。二人がかりで建物の中へと引っ張っていかれる。

「や、やめろ。なんなんだ…ミケルさんっ！」

振り返ると、助手席に乗ったままのミケルが泣きそうな顔をして歩を見ていた。その唇が「ごめんなさい」と動いた。直後、車は走り去っていった。

歩は為す術なく建物の中へ連れ込まれると、男に後ろから羽交い絞めにされた。

「は、離せっ」

必死に身体を捩って暴れるが、歩より頭ひとつ大きな男の拘束は揺るがない。

もう一人の男が懐からナイフを取り出した。

歩が手許を凝視する中、鞘からナイフが抜かれた。まさか、という目で男を見る。

「雇い主にできるだけ苦しませろと言われているんでな、悪く思うなよ」

冷酷な口調で言われる。刺されるとわかって、歩の身体が恐怖で震え出す。

「どうして…俺が何したっていうんだ」

声を上げると、男がナイフを弄びながら首を傾げた。

「さあ？　俺らはただ頼まれただけだ。ラースの旦那がおまえを邪魔だっていうんでな」

——え？

「おい！」

歩を羽交い絞めにしている男が制止するが遅く、はっきり聞こえた。

ラースはイングリッドの祖父だ。歩を邪魔に思っても不思議ではない。

だが、まさかこんな恐ろしい手を使うとは思ってもみなかった。しかもそれにミケルが加担していたなんて。

「あぁ、すまん。でもどうせコイツは喋れねぇだろ。死人に口なしってな」

混乱する歩の耳には男の言葉は届かない。

次の瞬間、左の脇腹にドンッと鈍い衝撃が走った。

「…え…」

何だ、と目線を落とすと、自身の腹にナイフが突き刺さっていた。

じわ、と赤い染みが広がる。強烈な熱さと痛みが同時に襲ってきて、歩は呻いた。

男が刃先の全てを歩の身体に沈めてから、一気に引き抜いた。

「ん、あああっ…！」

激痛に悲鳴をあげる。手を離され、歩は腹を押さえて蹲った。

「う…うぅ…」

手で押さえても出血は止まらない。呼吸が荒くなって、目の前が霞《かす》んでくる。このまま死んでしまうのだろうか。そう思うと、なぜかエドヴァルドの顔が脳裏に浮かんだ。

「おらっ、棄てに行くぞ」

腕を引っ張られ、担ぎ上げられる。

「…エド…」

歩は無意識に名前を呼んで、ふっと意識を飛ばした。


目を開くと、一面紺碧《こんぺき》だった。

妙な浮遊感を覚える中、ズキリと脇腹が痛んで歩の意識がはっきりとした。

『…っつう』

見ると、腹部から血が流れ出ている。

歩はナイフで刺されたことを思い出した。あの瞬間はもう駄目だと思ったが、どうやら助かったようだ。傷の割に出血も少ない。

どうやら海に棄てられたらしい。

周囲は岩礁《がんしょう》に囲まれ薄暗いが、頭上を見ると遠くにゆらゆらと光る海面が見えた。月光だろうか。気を失っている間に夜になっていたが、足が鰭になっているからか、息ができるし視界もクリアだ。

歩は脇腹に手を当てて治療を試みる。だが、『治れ』と念じるも、いつにない怠さを感じて途中で止める。もしかしたら気絶している間にこの能力を無意識に使ったおかげで、致《ち》命傷《めいしょう》から逃れられたのかもしれない。

『…ったく。なんでこうなるんだ…』

歩が普段と違うことをすると、いつも肝心な場面で裏目に出る。

どうしてエドヴァルドに黙って行動したのかと、自責の念に苛《さいな》まれる。

歩がいなくなったことにエドヴァルドが気づいたとしても、手がかりもなしに見つけられるはずがない。だとすれば、この場所に止まっているより体力が残っている内に動いたほうがいい。

そう考えた歩は、少しでも出血を塞ぐために、辛うじて腕に引っ掛かっていたシャツを脇腹に巻きつけると両手で水を掻いた。

シュノーケリングもダイビングもしたことがない。だが遺伝子に組み込まれているのか、尾鰭はしなやかに動く。

上へ上へと泳いで岩礁から抜け出そうとしたときだった。

潮が勢いよく流れ込んできた。歩はひとたまりもなく押し戻された。

『う、あっ…！』

ゴツゴツと出っ張った岩礁に身体がぶつかり、痛みに悲鳴があがる。

『…う、ぅぅ』

先程より更に深みに流されてしまった。しかも片腕が岩礁に挟まって抜けなくなった。ズキズキと腹が痛む。衝撃で傷口が広がったのか、シャツに滲む血の量が増えている。

歩は慌てて傷口に手のひらを当てて、また治癒を試みた。しかしぽうっと光るが、すぐに消えてしまう。

能力を使おうとして、こんなふうになったことなどない。怠さをこらえて何度か試みているうちに、指先の感覚がなくなっていくのに気づいた。全身の力が抜けていく。

ここまでなのかなと思った。

せめて最後にひと目だけでもエドヴァルドに会いたかったなと、解けたシャツが上へと舞い上がっていくのをぼんやりと眺めてから項垂れた。

『歩…！』

諦めてからどれくらいの時間が経ったのか。不意に歩の鼓動を高鳴らせる声が耳に届いた。

『エド…？』

幻聴だろうか。だが一縷《いちる》の望みを懸けて、歩は首を擡げた。

手に歩のシャツを持ったエドヴァルドが、岩礁の向こうからこちらを覗き込んでいた。

『あ…あぁ…エ、エド…っ』

『歩、大丈夫か？』

『うん、何とか。でも腕が岩に挟まっていて抜けないんだ』

『待っていろ、いま助けてやる』

夢じゃない。歩はエドヴァルドが来てくれたことに、嬉しくて泣きそうになった。

けれど次の瞬間、歩はあっと思い出す。

『待って。ここは凄く危ない、流れが…』

制止を促したタイミングで、頭上で潮が渦を巻くのが見えた。

『エド、戻れ！』

声を振り絞るが遅く、潮に押されたエドヴァルドの身体が岩礁にぶつかる。

『エドっ…！』

『…う…』

歩との距離が数メートルのところに、エドヴァルドは引っ掛かった。エドヴァルドの周りの海水が赤く染まる。怪我を負ったとわかって、歩は狼狽《うろた》えた。

エドヴァルドのもとへ行きたい。だけど腕が抜けない。

『くそっ…』

歩の勝手な行いのせいで、エドヴァルドまで傷つけてしまった。つらくて涙が溢れてくる。

血を流しながらも、エドヴァルドは時折流れ込んでくる潮に逆らい、こちらへ向かってくる。

『エド…エド…もういいから。俺のことなんかもういい』

そう訴えると、エドヴァルドの険しい表情が、ふっと緩んだ。

『俺の大切な花嫁だ。絶対に助ける』

『…あ』

歩の胸がぎゅっと締めつけられた。

エドヴァルドが溢れる涙で見えにくくなる。

怪我をしたエドヴァルドが助けてくれようとしているのに、歩が諦めてはいけない。

腰に帯びた短剣で岩礁を崩しながら、エドヴァルドが近づいてくる。そして、慎重に歩の腕を捕らえている岩礁も砕いてくれた。

歩は圧迫感のなくなった腕を引く。

『やった、抜けた…ありがとう』

『歩、掴まれ』

『うん』

差し伸べられた手に掴まると、ぐいっと引かれた。そのまま強く抱きしめられる。

『…あっ』

合わさった胸からエドヴァルドの鼓動が伝わる。それが嬉しくて、歩はエドヴァルドの肩口に顔をすり寄せた。

『よかった…歩、…っ』

エドヴァルドの呻き声に、歩は顔を上げてギクッとした。

顔が真っ青なのだ。

『エド、怪我っ…』

エドヴァルドの首から肩にかけて裂傷《れっしょう》があった。

出血が酷い。歩は考える間もなく、傷口に手のひらをあてがった。弱い光が灯ったり消えたりする。

『…くっ…そ。治れ…！』

こんなときに役に立たなくてどうするのか。歩は懸命に力を振り絞った。

『やめろ。おまえが力尽きてしまう』

エドヴァルドが腕を掴んで拒否する。それを振り払い、歩は手のひらに意識を集中させた。

すると、徐々に傷口が塞がっていくのが見えた。

もう少しだ。意識が遠のく感覚に抗いながら、残る力を出し尽くす。

血の筋が細くなっていき、やがて完全に出血が止まったのを見てほっとした。

『…エド…よかった…』

けれど頭に靄《もや》がかかっていくように、意識が朦朧《もうろう》としていく。

『歩？』

歩の脇腹を見たエドヴァルドが、驚いたように息を呑む。

歩を抱きかかえると身を翻し、すぐに大きく尾鰭を波打たせた。

『歩、もう少しだ。頑張るんだ』

エドヴァルドが自分の名を呼ぶことにしあわせを感じる。

あぁ、俺はエドヴァルドが好きなんだ。

そう自覚しながら、歩は目を閉じた。

Ⅵ

次に目醒めたときも水中だった。

だが海の中ではない。歩は広い部屋に設えられた巨大な水槽の中にいた。

夢だろうかと思いながら、歩はゆっくりと浮き上がって水面から顔を出した。水草で覆われた浮島があり、それに掴まって状況を確認する。

夢じゃない。足は鰭のままだが生きながらえたようだ。

気を失った歩をエドヴァルドが連れ帰ってくれたのだろう。彼は無事だろうか。

誰かを呼ぼうとして周りを見回すと、かちゃ、と音がして部屋のドアが開いた。入ってきた女性の使用人は、浮島に掴まっている歩を見て驚いた。

「歩様、お目醒めになられたのですね」

「…はい。たったいま…。でもこれ…どうなっているのかな。エドは…?」

「エドヴァルド様にお知らせしてきますね」

使用人が足早に部屋を出て行った。

よかった。エドヴァルドが無事だとわかって、歩はほっと息を吐く。

歩は浮島に乗り上がった。大きな円形の浮島はしっかりした造りで、歩が乗ってもビクともしない。

痛みがなくて忘れていたが、ふと怪我のことを思い出して脇腹を見た。治療してくれたのだろう、傷は殆どわからなくなっている。少し身体が重いが、低血圧の症状と比べればなんでもない。

ただ、なぜ足が戻っていないのかが気に掛かる。どうすれば戻るのか。エドヴァルドに訊けばわかるだろうか。

そういえば、歩の身に起きたことをエドヴァルドはどこまで知っているのだろう。まさかミケルがラースと手を組んで自分を殺めようとするなんて。迂闊《うかつ》な行動で、エドヴァルドにまで怪我を負わせてしまった。

罪悪感に気持ちが沈みそうになったとき、ドアが勢いよく開かれた。

「歩」

「エド…」

エドヴァルドは元気そうだ。安堵とエドヴァルドに会えた喜びで、沈みかけていた気持ちが吹き飛び、歩は満面の笑みを浮かべた。

水槽横の階段を上がり、水槽の縁に座ったエドヴァルドが歩の髪を優しく撫でる。その手の温もりに幸福感を覚える。

「…よかった。目が醒めて本当によかった」

切実な声に、歩の胸が痛む。

「エドも。怪我は？」

「歩のおかげで平気だ。ほら」

エドヴァルドがシャツの襟もとを引っ張って見せる。そこにあった傷は跡形もなく消えていた。

能力を持っていることを、これほど嬉しく思えたことはない。

「歩のほうはどうだ？　どこか痛むところはないか？」

歩は首を横に振る。

「ない。ちょっと怠《だる》いくらいかな」

「そうか。海水に薬湯を混ぜたのがよかったのかもな」

「治療してくれてありがとう。…俺、どのくらい寝ていたんだ？」

「十日だ」

「そんなに？」

「あぁ。でも信じていた。絶対目が醒めるってな」

エドヴァルドが穏やかにほほ笑む。きっと凄く心配させてしまったのだろう。よく見ると、いつもより顔が青白い。

「でもどうして水槽に…？」

「城に連れ帰っても鰭が足に戻る気配がなかったからだ。呪医が言うには、能力を使い過ぎた副作用だろうと」

「…副作用か」

「定かではないがな。通常なら陸に上がると自然に足に変わるし、自分の意思で鰭にも足にも変えられる。過去にも同様の症例はあったが、自然に戻ったり、呪いや薬湯で戻ったりと様々らしい。ちゃんとした治療方法が確立されていない。不安だろうが暫くゆっくりとしていればいい」

「うん。助けに来てくれて本当にありがとう。でもよく俺の居場所がわかったな」

「夕食の時間になっても歩が部屋に戻らないと知らせがあってな。ユリウスが思い当たることがあると言って、ミケルを問い質したら白状したんだ。歩が襲われた付近を調べたら、血痕が付着したナイフも見つかった。だが歩はどこにもおらず、ミケルも知らないと言ったから占星術で居場所を占ったんだ。それで歩が国外…ドームの外にいるとわかった」

思い当たることとは、歩がユリウスの執務室に行ったときのことだろうか。

ユリウスの洞察力に感謝するとともに、ミケルの裏切りに胸が苦しくなった。しかもミケルは何食わぬ顔で王城に戻っていたようだ。

「歩がいた場所は潮の流れが変則的なところだ。岩礁に引っ掛かったのは運がよかった。…二度と内緒でどこかへ行ったりしないでくれ」

そっと頬を撫でられる。

岩礁に引っ掛からなかったら、命はなかったかもしれない。エドヴァルドにも二度と会えなかったかもしれない。そう思うと、いま目の前にエドヴァルドがいることが奇跡に思えた。

声が聞けて、手を伸ばせば触れられる。そのことが何よりも幸せに思えた。

「…うん。ごめん」

エドヴァルドの手のひらに頬をすり寄せると、コンコンとノック音が聞こえ、歩はハッとして身を離した。

返事を待たず、ユリウスが入ってくる。

「無粋《ぶすい》なやつだな」

「失礼しました。以後気をつけます」

ユリウスはエドヴァルドをさらりといなした。

「それでわかったのか？」

「ええ。ナイフの血痕は歩様のもので間違いありません。歩様の爪に残っていた鱗の欠片から調べたＤＮＡ、あとはミケルの証言から犯人の特定もできています」

海に遺棄されるときに、偶々《たまたま》歩の爪が犯人の鱗に引っ掛かりでもしたのだろう。

「そうか。だがミケルがなぜ歩を襲うよう仕向けたのかが謎だな」

「そればかりはいまも口を閉ざして話しません」

二人はラースが関わっていることを知らないようだ。

「あ、あの…」

歩の声に二人が振り向く。

「俺を襲ったやつらが言ってたんだ。…ラースの旦那に頼まれただけだって」

エドヴァルドがきつく眉を寄せ、ユリウスと顔を見合わせた。

「ラース…だと？」

「ミケルさんは、ラースさんの指示で俺を連れ出したんだと思う」

「なぜミケルがラースの指示で動くんだ…」

なぜかは歩もわからない。だけどミケルがラースと話しているのを見たことがある。現場から車で立ち去るとき、泣きそうになりながら謝っていた。ミケルの意思ではなく、何か弱みでも握られているのかもしれない。

そう訴えると、エドヴァルドが首を縦に振った。

「わかった。そのあたりは慎重に調べる。ラースの罪を問うには、ちゃんとした裏づけが必要だ」

「歩様が生きていることは内密にしておきましょう。幸い、今回の件は信頼の置ける者しか知りません」

「あぁ。歩が生きていると知れれば、また狙われかねない。歩を襲ったヤツらには見張りをつけて泳がせておけ。ラースと接触するかもしれない」

ユリウスが「承知しました」と返答する。

「水槽はこのまま俺の居室に置いておく。部屋への入室も俺とユリウス、信頼できる使用人のみだ。歩、俺は忙しくなるが何かあればいつでも知らせろ」

「わかった」

歯痒いが、いまの歩にできることはない。それなら迷惑にならないように、大人しくしているのが最善だ。

エドヴァルドが頷いて、ユリウスと一緒に部屋を出て行く。その背中がとても大きく、頼もしく見えた。

それから五日経った。

エドヴァルドは政務と調査で昼夜忙しくしている。

歩は大半の時間を、これからのことについて悩んでいた。

なぜならエドヴァルドへの気持ちを自覚してしまったことで、彼との結婚が選択肢に加わってしまったからだ。

エドヴァルドの傍にいたい気持ちはある。だからと言って、陸での生活をすべて捨てて、この国で王太子の伴侶として生きられるのだろうか。政治など全くわからないのに。

この国の両性は、王族や貴族に嫁ぐために教育を受けると聞いている。だから幾らエドヴァルドがいいと言っても、何の教養もない歩に妃は務まらないだろう。

陸と海を行き来する生活ができたらいいのに…。浮かんだその考えは、無理だと自ら否定する。そんな中途半端なことはできないに決まっている。

「…はぁ」

歩はため息をついて、飲んでいた紅茶のカップをソーサーに戻した。

ここに来たばかりのときは、悩むことなどなかった。なのにいまは、何も答えが出せなくて困ってしまう。

浮島の上で仰向けになってぼーっと天井を眺めていると、廊下を歩く数人の足音が、部屋の前で止まった。

なんだろうと上体を起こす。ノックされ、歩は少し不安になりながら返事をした。

「歩さん、ごきげんよう」

ドアを開けて部屋に入ってきたのは、アンネとメッテとエンマだった。

「あっ。こ、こんにちは」

三人揃って何事かと、歩は目をぱちぱちとさせながら挨拶する。

「そんなに驚かないで。ただお話し相手になりにきただけよ。忙しい弟の代理でね」

アンネがふふっと、上品に笑った。

鰭は乾くと病気に罹《かか》りやすくなるらしい。一日中水槽にいるしかない歩のために、エドヴァルドが彼女たちに声を掛けてくれたのだろうか。

「まぁ見て、お姉さま。歩さんの鱗の色！」

「…翡翠色とは珍しい。初めて見た」

エンマが驚いた声を上げて水槽に駆け寄ってきた。メッテも目を瞠っている。

そういえば、この国では珊瑚色が普通だと聞いた。歩の他に翡翠色の鱗をした人魚はいないのだろうか。人間とのハーフだから色が違うのだろうか。

劣等感に、もそもそと尾鰭を丸める。

「歩さんの鱗が美しいからってお行儀《ぎょうぎ》が悪いわよ。本当のことでもそんな言い方をしては歩さんが困ってしまうでしょう?」

ね、とアンネに話を振られる。歩は何と答えていいかわからず、ぎこちなくほほ笑んだ。

「そうね。でもほんっとうに綺麗なんだもん」

「…緋の王国では翡翠色の鱗の者が多いと聞いたことがある」

うっとりとした顔でエンマが言えば、メッテは思い出したように口にした。

「…緋の王国?」

「紅海《こうかい》にある王国です。もしかしたら歩さんには緋の国の血が流れているのかもしれないわね」

歩の問いかけにアンネが答えてくれる。異端者扱いされたのかと思ったが、そうではなくてほっとする。その時、再びドアがノックされた。

「あぁ。お茶を運んでもらうよう言ってあったの。どうぞ」

アンネの返答で、使用人がワゴンを押して入ってくる。

三人が部屋に据えられているソファに座ると、使用人が紅茶を注いだカップをテーブルに置いた。歩もお代わりをもらう。

「また歩さんの珈琲が飲みたいわ」

エンマがそう言って、無邪気《むじゃき》な笑顔を向けてくる。

「元に戻ったら、ぜひ」

「ほんと？　約束よ？」

身を乗り出すエンマに歩は勿論《もちろん》と頷いた。

「そんなに必死にならなくても、歩さんはエドヴァルドの伴侶になるんだから、いつでも頼めるじゃない」

メッテの言葉に、歩は直面している問題を思い出させされた。

エドヴァルドのことは好きだ。だけど彼の伴侶になれるかといえばそうじゃない。

「歩さん？　どうかしましたか？　どこか痛んだりするの？」

神妙な顔つきになっていたのだろう。歩は慌てて顔を横に振った。

「それならいいけれど…少しでもどこか変だと思ったら話してちょうだい。あなたはこの国の王太子の妃になるとても大切な人ですからね」

そうよそうよ、とメッテとエンマも賛同する。

すっかりエドヴァルドの花嫁として扱われている。歩が碧の国に来た理由をずっと言えずにいたが、こんなに思い遣ってくれる人たちに、これ以上黙っているわけにはいかない。

「あの…少し俺の話をしてもいいですか？」

「もちろんよ」

三姉妹がカップをソーサーに戻して歩を見た。

「実は俺…ここへは人魚にならない呪いをかけてもらうために来たんです」

三人が驚いたように互いの顔を見合わせる。

「ずっと人間の姿でいられるようにしてもらって、いままで通り店を続けていく…その考えに揺らぎはなかった。…でも、呪いに代償が必要だと知って、すぐに答えを出せなくなってしまいました」

「…そうね。重い代償があることは知っているし、簡単に決められないわね」

エドヴァルドの花嫁として来たわけじゃないと知っても、三人は怒らない。やや落胆したような表情に見えるが、歩の言葉を真摯《しんし》に受け止めてくれている。

いままで黙っていたことを話せて、肩の荷が下りた気分になった。だからか、つい口が軽くなる。

「でもエドと過ごしたり、今回の事件が起きたりして…いろんなことがあって、陸へ戻ることだけが答えじゃないなと考えるようにもなったんです」

「それは…エドヴァルドの傍にいてもいい、と。そう思うようになったということね」

「はい。……えっ？　あ…」

アンネに問われ、正直に答えてしまった。エドヴァルドのことを好きだと言ったようなもので、顔がかあっと熱くなる。

「いや、あの…ええと…あー…」

おろおろする歩とは対照的に、先程まで少し暗く見えた三人の表情が明るくなる。

「なんだ。心配しちゃったじゃない。オチがあるならあるって言ってよ」

「…てっきり見込みがないのかと思った」

歩は恥ずかしさのあまり、穴があったら入りたいと思った。

「エドヴァルドは歩さんの気持ちを知っているのかしら？」

訊かれて、歩は首を横に振った。

「まぁ。じゃあ今晩にでも伝えてあげて。エドヴァルドの喜ぶ顔が見られるのは、私たちにとっても嬉しいことだから」

その言葉に素直に「はい」と返事できなかった。エドヴァルドに気持ちを伝えたところで、歩は花嫁になどなれない。それなら告げないほうがいい気がする。

「俺は…エドの花嫁になるための育ち方もしていないし、この国のことを何も知らない。

…だから俺はエドと結婚する資格なんてありません」

「どうしてそう思うのかしら？」

「どうして…って。政治とか外交とか…いままでもまったく関わってこなかったし…」

「まぁ何を言っているの？」

アンネの驚いた声に、歩は俯けていた顔を上げた。

歩の顔をじっと見つめ、アンネはゆっくり諭すように話す。

「陸ではどうかわからないけど、この国の妃の役目は伴侶の心を支え、癒し、跡継ぎを産むことよ。結婚したらエドヴァルドと一緒に他国へ行くこともあるでしょう。そのときのために歴史やマナーを学ぶのはとてもよいこと。でも国政を支えるのは臣下の役目。あなたは王太子の伴侶になるのであって、王太子になるわけではありません。エドヴァルドはこの国でただ一人の王子であるがゆえに孤独なの。母は数年前に亡くなっているし、結婚している私はいつでも王城に来られるわけではありません。彼女たちもいずれ嫁ぐ身だから…」

メッテとエンマを一瞥し、アンネが続ける。

「エドヴァルドはこの国の希望。彼はとてもよくやっていると思います。だからこそ国政から離れる時間くらいは、己の立場を忘れさせてくれる人が伴侶に望ましい…そう考えているのです」

王太子妃となるのに、エドヴァルドへの愛さえあればいいだなんて思いもしなかった。

「そもそも人魚は嫉妬深いの。愛してやまない伴侶を、あまり他者の目に触れさせたくないのよ」

「…特に両性はモテるから」

「そうそう…あっ、それにね、歴史やマナーを学ぶことも大切だけど、女性や両性が一番力を入れるのは芸事なのよ。誰だって一緒に楽しく過ごせる人を伴侶にしたいものでしょう?」

メッテとエンマも会話に交じってくる。

三人の言葉が、歩の迷いを消していく。ここにいてもいいんだ。自分の気持ちを抑え込む必要はないんだ。そう思わせてくれる。

だが一方で、歩はソラモネへの思いを断ち切れてはいない。ソラモネも大切な場所なのだ。

「歩さんの想いや悩みを、きちんとエドヴァルドに打ち明けたほうがいいわ。何も言ってくれなかったことに嫉妬深いエドヴァルドは傷つくから。彼はちゃんと受け止めてくれるはずよ」

アンネの言葉が歩の背中を優しく押してくれる。

「歩さんの頭上に、妃のティアラが飾られることを祈っています」

「そうね。かわいい弟が泣く姿は見たくないもの」

「……ええ」

三姉妹の偽《いつわ》りない思いを受けて、歩は一歩踏み出すことを決めた。

「はい。ありがとうございます」

エドヴァルドと話をしよう。自分の気持ちを嘘偽りなく全部話そう。


エドヴァルドにどう打ち明けよう。

ひとりになった歩は、それればかり考えていた。

エドヴァルドと一緒にいるということは、碧の国で暮らすということだ。歩の唯一の居場所だったソラモネを閉めなければいけない。

ソラモネを託してくれたマスターや、常連客の顔が浮かんで心が痛む。

いま確かなのは、エドヴァルドが好きだということ。そして店への未練。本音でぶつかる必要があるとアンネが言ってくれたから、打ち明ける勇気が持てた。

エドヴァルドの子を産むことに関しては想像の範囲を超えている。未知のことすぎて、よくわからない。でも産みたくないとも思わない。

浮島に身を預けたまま壁の時計を見る。使用人からは、八時頃にエドヴァルドの務めが終わると聞いている。だが一時間も早くに、ドアが開いた。

「えっ？」

歩は吃驚して、思わず寝た振りをしてしまった。

いま起きたふうを装うか。でも不自然な気がして目が開けられない。

エドヴァルドが水槽の縁に腰掛ける気配を感じた。歩が眠っていると思っているのだろう。髪をそっと梳かれる。まるで壊れものを扱うような優しい手つきだ。

歩の心臓がこれ以上ないくらいにドキドキする。

エドヴァルドが好きだ。いまならちゃんと告げられる気がする。歩は決心して、目を開けようとした。

が、エドヴァルドが漏らしたため息に、目蓋が硬直した。

「傷はとっくに癒えているのに、なぜ戻らないんだ」

消沈した声だ。いつにないエドヴァルドの様子に、目が開けられない。

「本当に酷い目に遭わせてしまった。俺が歩に関わらなければ、こんなことにはならなかった。歩はあの店でいままで通り暮らせていた。…俺と出会わなければ」

確かにそうだ。それでもそんなふうに言わないで欲しい。歩はエドヴァルドと出会ったからこそ、気づけたことがたくさんあるのだから。

「歩の代わりに俺が代償を払えればいいのに。それで歩を陸へ帰すことができれば…」

その呟きに、歩はぱちっと目を開けた。

「ふざけるな」

自然に発していた。歩の唸るような声に、エドヴァルドの手がびくっと震える。

歩は身を起こして、驚いているエドヴァルドを睨んだ。

「何言ってんだよ。俺を陸へ帰す？　散々振り回しておきながら、今更そんなこと言うのかよ」

「…それは」

「そりゃあ怖かったし痛かったよ。ナイフで刺されたことなんてなかったからな」

「…すまない」

「それだけ？」

二度と同じような目には遭わせない、そう言ってくれないのかと歩は茫然とする。

頼んでもないのに毎日店に来て、他人の視線を気にせず口説いてきた男とは思えない。

最初は、人間の姿を手に入れたら陸へ帰るつもりだった。いままで通り、ソラモネで好きな珈琲を淹れて生きていくはずだった。

だけど、その願いと同じくらいに、エドヴァルドの傍にいたいと思うようになっていた。

こうしてエドヴァルドに触れられれば、エドヴァルドの顔を見れば…迷いはなくなった。

陸へ戻るということは、エドヴァルドと離れるということ。いま自分に触れている熱も見つめてくる瞳も、自分ではない相手のものになる。

耐えられないと思った。

だからこそ弱気なエドヴァルドに腹が立った。

「いつもみたいに……口説けよ」

無意識に願望が口から洩れていた。

視線を逸らしていたエドヴァルドが、不可解そうに眉を寄せて歩を見る。途端に照れくさくなって、歩はすっと視線を横にずらした。

「…そしたら俺も…好きだって…返事するから」

ぎこちない告白に顔が熱くなる。色恋沙汰の経験がない歩には精一杯だった。それなのに、エドヴァルドは何も言ってくれない。

「も、もういいっ…」

「歩」

羞恥に耐えられなくなって水の中に潜ろうとしたが、エドヴァルドに両手で頬を包まれて阻止された。

「なんだよ。もういいって…うぅ」

「それは…俺の傍にいてくれるということか？」

食い入るように見つめられ、歩は視線を彷徨わせた。

エドヴァルドと出会ってからいままでのことが、走馬灯《そうまとう》のように頭の中を駆け巡る。

「ソラモネに未練はある。だけど…もう来るなって突き放しても、俺を見捨てなかった。卑屈な俺に自信を与えてくれた。孤独を…埋めてくれた。危険を顧みず、俺を助けてくれた。いろいろなことがあったのに…こうしていまも俺の傍にいてくれる。俺のことを…こんなにも想ってくれる人はエドの他に誰もいないよ。何よりも失いたくない、エドがいなければなにもかも意味がない。ただ…」

想いをひとつひとつ言葉にする。

「…エドの子どもを産めるかどうか。想像がつかないんだ」

そこまで言葉にして、やっとエドヴァルドの顔を見た。

「…あ」

いままで見た中で一番優しく、甘い表情をしたエドヴァルドに、歩の胸が騒ぐ。

「ありがとう、歩。花嫁の決定期限までもう十日しかなくなって…らしくない俺を見せてしまったな」

そうだったのか。もうそんなに経っていたのか。伴侶くらいは自分で決めたいと言っていたエドヴァルドだ。それほど差し迫っていたのなら気弱になっても仕方がない。

「子どものことは追々でいい。それよりも俺は歩が欲しい。…本当にいいんだな?」

エドヴァルドの確認に、歩は迷いなく頷いた。

「俺はエドの傍にいたい。エドが…好きだ」

「俺も愛している」

エドヴァルドの告白に、歩の胸がぎゅっとなった。

何の変哲《へんてつ》もない言葉なのに、好きな人に言われるとこんなにも胸が甘く、苦しくなる。

そっと片手を掬い取られ、手の甲にキスが落とされた。

「俺の花嫁になってくれ」

歩は一度ゆっくり息を吸って吐くと、真っすぐエドヴァルドを見返した。

「はい」

はっきりと答えた。

エドヴァルドが破顔する。

キスの予感に、歩はそっと目を伏せた。

一度軽く触れて離れ、視線を絡み合わせてほほ笑みあう。次は、強く押しつけられた。ちゅっ、ちゅとリップ音をたてて啄まれる。くすぐったいような焦れったいような。そんな感覚すら愛しい。

エドヴァルドがシャツを脱ぎ捨て、逞しい上半身が露わになった。

「…あ」

歩はドキッとして、つい横を向いた。その頬に水飛沫がかかる。

「わっ…」

視線を戻すと、水槽の縁に腰掛けていたエドヴァルドがいない。

どこへ行ったのか。歩がきょろきょろと周囲を見回すと、エドヴァルドが水面から顔を出した。

「うわ…っ」

吃驚して仰け反る歩を見て笑ったエドヴァルドが、濡れた金髪を無造作《むぞうさ》に掻き上げる。

そのまま浮島へ乗り上がってきた。

「あっ、ちょっとエドっ…」

浮島は揺れるが沈む気配はない。

歩はエドヴァルドの下半身を見て、目を大きく見開いた。

黄金色の立派な尾鰭があった。その鱗は、眩く発光していて神々しさすら覚える。

「綺麗…」

そんな単純な言葉では形容できない。

瞬きを忘れて見入る歩の頬に、エドヴァルドが唇で触れた。

「黄金の鱗は王家を継ぐ者の証なんだ」

「そうなんだ…特別な色なんだな」

てっきりエドヴァルドの鱗も珊瑚色だと思っていた。

光り輝く鱗に視線が吸い寄せられてしまう。うっとりと眺めていると、こっちを見ろと言うように、指で顎を持ち上げられた。

「俺からすれば歩の黒い瞳と髪も美しいと思うし、これほど相性がいいフェロモンを持つ相手はいない。でも外見とフェロモンだけじゃない。傍で見ているうちに、歩という人間自体に魅力を感じたんだ。歩は正直に自分の考えを俺に伝える。自分の能力を嫌っているくせに、その力で他人を助ける。困っている者を見過ごさない。俺にとっては全てが意外で新鮮だった。何より、歩の傍にいるとリラックスできる。歩は…歩だけが俺の唯一のパートナーだ」

そんなことを誰にも言われたことがなかった。目の前が溢れてくる涙で歪む。

「エド…俺だってエドだからだよ。他の人じゃ嫌だ」

両腕を伸ばして、エドヴァルドに抱き着いた。エドヴァルドがしっかりと受け止めてくれる。しかし強く抱擁されたかと思うと、次の瞬間にぐらりと身体が傾いた。そのまま水中へと落ちた。

ざぶん、と水音が響いて、目の前が碧くなった。

『…っ、あ』

吃驚して手をばたつかせ水面へ上がろうとするが、エドヴァルドに引き止められた。見ると、エドヴァルドがゆったりとほほ笑んでいた。

『歩は人間だ。でも人魚でもある。本当に…特別な俺の牝……いや、伴侶だ』

エドヴァルドの情欲の滲んだ瞳が黄金色に変化する。歩の身体がぞくっと甘く震えた。

『ほら。俺のフェロモンに強く反応する。相性がいい証拠だ』

エドヴァルドの瞳が黄金色になるのは、フェロモンを意識的に強めているからだったのか。思い返せば、歩はそれに最初から反応していた。

歩を抱きしめる腕に力が込められ、ぴったりと胸が合わさる。

『歩が欲しい。このまま愛してもいいか？』

歩の鼓動が高鳴った。抗う理由など見つからない。歩もエドヴァルドと同じ気持ちだった。

頷くと顔が寄せられる。唇が触れる寸前に歩は瞳を伏せた。

唇が重なる。唇の狭間を舌先がなぞり、やや強引に口腔内へ入り込む。

『ん…っ、ふ…ぁ』

口腔に水が入ってくる。歩は初めての感覚に戸惑って目を開けた。

だが頬裏や上顎を舌で甘く触れられていくうちに、不思議と水中だということが気にならなくなっていく。絡められる舌に、歩はぎこちなく応えた。

エドヴァルドとのキスに心が蕩けていく。

唇を合わせながら、エドヴァルドの手が背中から腰へと下りていく。臀部の丸みを撫でてから、腹側へと移動する。

エドヴァルドの指先が何かを探すように動き、見つけた窄まりを指の腹で押された。

『っ…んぅ…』

その感覚は後孔に触れられているのと同じだ。

なぜ、と面食らう。

『人魚のときは、ここで愛し合うんだ』

『…あっ』

無意識にそこに力が入ってしまう。それを解すように入り口の襞を撫でて、ゆっくりと指が中へ沈められていく。

『あ…あ…ぁ』

『美味そうに食べて…凄い締めつけだ』

くすっと笑ったエドヴァルドの指摘に、歩の顔が熱くなる。根もとまで挿入された指が内壁を優しく擦り始めた。

『あっ、んんっ…はぁ…』

唇をきゅっと結んで堪えても、快感に耐えられず声が洩れてしまう。

指を出し入れされると、ぞくぞくした甘い痺れが背筋を走る。

『ふっ、あぁ…あ…、あっ、あっ』

『そうだ。感じている歩の声をもっと聞かせろ』

耳許でそう命令され、穿つ指が二本に増やされた。

『あ、う…っ』

中で指を曲げたり、開いたりして動かしながら、歩の中を蕩かしていく。

歩はエドヴァルドの肩に掴まりながら、びくっ、びく、と腰を波打たせた。

『ひっ…ゃ、ああっ』

二本の指先が良い場所を揉み込んだとき、強烈な快感が走った。背中が大きく仰け反る。堪らず逃げようとしたが、逃がすまいと、エドヴァルドが自身の尾を歩の尾鰭に巻きつけた。

逃げられない状態で敏感な粘膜を弄り回される。歩はエドヴァルドにしがみついて、みっともなく喘ぎ、腰を前後にくねらせることしかできない。

歩の腿あたりに熱の塊が触れた直後、エドヴァルドに抱かれて水から浮島へと上げられた。

仰向けの歩にエドヴァルドが伸し掛かってくる。

「あっ、あ…ンン…はあっ、あっ…」

首筋や肩先を吸いながら脇腹を撫で上げられる。いつの間にか勃ち上がっていた乳首を手のひらで転がされて、胸もとからじんじんとした性感が全身に広がった。

水の中よりもエドヴァルドの体温を感じられる。それが更に歩を昂ぶらせる。エドヴァルドも同じかどうかはわからないが、荒くなる息遣いで興奮が知れた。

「はっ、う。ん…ぁ…あ…」

男の歩にとって、乳首はただの身体の一器官でしかなかったのに、すっかり弱い性感帯になっている。はしたないと思うのに快感に抗えず、もっとと胸を突き出してねだってしまう。

エドヴァルドが口角を上げた。

「素直でかわいい」

「かっ、かわいくなんてない…っ」

ぎょっとして、歩は咄嗟に否定した。

「そうか？」

エドヴァルドが両方の乳首をきゅっと摘まむ。

「そうだ…よ…っあ、ふうっ…うぅっあ、あっ、ああっ…ンっ」

きっぱり否定しようとしたが、尖りを指先で捏ねられて甘い声が出てしまう。ハッとして口を手で塞いだがもう遅い。かあっと顔が火照る。

「…ふっ。やっぱりかわいい」

優しく笑ったエドヴァルドに抱きしめられ、くちづけられる。

「うぅ――…っ、くそっ」

淫らに喘いでしまうのを、かわいいなんて言われても恥ずかしいだけだ。だが、エドヴァルドの腕に包まれてキスされるのは嬉しい。

唇から頬、耳朵、首筋、そして胸もとへとエドヴァルドの唇が触れる。吸ったり甘噛みしたりして、たっぷりと可愛がられる。

黄金色の髪の先から、歩の肌の上に雫が落ちる。そんな刺激にも反応してしまうほど、敏感になっていた。

不意に歩の下腹部に熱が押し当てられる。

「あっ…」

腰が抜けてしまうかと思うような愉悦が走った。

歩は恐る恐る下半身へと目線を落として、小さく声をあげた。

エドヴァルドの臍《へそ》の下にあるスリットから、反り返ったモノが突出している。それは長く、槍状になっている。歩の下腹部からも同じモノが出ていることに気づき、吃驚して固まってしまう。

「人魚姿のときの生殖器はこうなるんだ」

歩の眼差しに気づいたエドヴァルドが、腰を揺らして性器同士を擦り合わせた。

「ふああ…っ、ああっ、ぁ…ん、んあぁ」

「ほら歩も感じて…興奮しているぞ」

強い快感に、歩は淫らな声が止まらなくなった。そればかりか快感を追いかけて、無意識に腰を揺らめかせてしまう。

「煽るな…、…ッ」

珍しく余裕のない声色でエドヴァルドが言い、触れ合う熱塊の質量が増すのを感じた。

「……あ」

窄まりに熱いモノが触れた。

それがエドヴァルドの性器の先だとわかった瞬間、ぐぷっと穿たれた。

痛くはない。だけど身体の中を開かれる圧迫感に身体が弓なりになる。

「くっ、あ、あぁっ――」

歩の尾鰭を大きな鰭で押さえつけて、奥へ奥へとエドヴァルドが入ってくる。無意識に詰めていた息を吐いた瞬間に、最奥まで貫かれた。

「…ッ、はっ、…あぁぁ――…」

一瞬、歩の目の前が真っ白になった。

歩が酷く感じてしまう「牝」の部分を押し上げた状態で、エドヴァルドが動きを止めた。

「あぁ…凄い。歩の中は熱くて蕩けているのに…狭くて…気持ちがいい」

淫靡《いんび》な囁きを耳に落とされても、歩は強すぎる快感にはくはくと口を動かすことしかできない。

エドヴァルドが歩の首筋や肩先にキスを降らす。そうして歩の呼吸が落ち着くのを待って、ゆっくり腰を動かし始めた。

「あぁっ、あっ、あ…っ、やっ……い、やだ…っ」

「いや？　良いの間違いだろ？」

エドヴァルドは容赦しなかった。グッグッと力強く牝の部分を責め立てる。

槍状になった硬い人魚の性器でそこを擦り上げられると、骨盤から背筋、脳までじんじんと痺れる。思考まで悦楽に染まっていき、自分が自分ではなくなってしまうようで怖かった。

「ほんと…だめ、もっ…んっあ、やめて怖い…っ」

エドヴァルドの動きがぴたりと止まり、歩はほっ、と息を吐く。

「何が怖い？」

「…そこばっかりされると……わけがわからなくて…おかしくなる」

「もう少しゆっくりならいいか？」

それなら、と頷くと、頬にキスが落とされた。彼の優しさが伝わると同時に、愛されていると実感する。

エドヴァルドがゆっくり動き出す。奥の襞を先端で押し上げ、優しく捏ね回す。それなのに肌と肌が触れ合わない。

不思議に思い、甘い疼きにグズグズになりながらも目線を落とすと、エドヴァルドの性器が根もとまで挿入っていなかった。

「…あ、う、そ…、んうっ」

まるで全部入れてとでも言うように、時折グッと奥の襞を押し上げる。

思わずぎゅうぎゅうと締めつけると、エドヴァルドの性器が膨張した。

それ以上挿入らない。そう思うのに、ぐりぐりと先端を擦りつけられると、お腹が熱くなって奥の襞がひくつき始める。

「あっ…やっ…、無理…！」

「ゆっくりならいいんだろ？　あと少しだ」

味わったことがない感覚に顔を横に振って訴えるが、エドヴァルドはやめてくれない。

無意識に身を固くしてしまうと、性器を握られた。

「…ひうっ」

根もとから先まで扱かれる快感に歩の腰が跳ねる。意識が逸れた瞬間、ずぷりとエドヴァルドの性器の先が奥の襞を穿ち、さらに奥まで入ってきた。

ぶわっと鳥肌が立ち、繋がっている場所から脳天まで、感じたことのない強い快感が突き抜ける。

「あぁぁ――っ！　エドっ、俺っ…イっ…――！」

歩は身体を硬直させ、小刻みに震えながら絶頂した。

高みから一気に落下するような感覚が歩を襲う。けれどエドヴァルドの性器は硬く張り詰めたままだ。

「ここに…歩の奥に…出したい」

切実な声が歩の鼓膜を揺らした。はっとして顔を上げると、熱い視線とぶつかった。

「…あ」

中に出されたら子を孕んでしまうかもしれない。でも愛する人が望むことなら叶えたい。ふたつの思いが、歩の胸の中でせめぎ合う。決断できず、歩は縦にも横にも首を触れない。

歩の心中を察したのだろうか。優しくほほ笑んだエドヴァルドが、歩の額にそっとキスをして腰を引こうとした。

「あっ、…待って」

咄嗟に歩はエドヴァルドを締めつけてしまう。

「…歩？」

エドヴァルドが怪訝そうに眉根を寄せる。

自分が子を産むなんて、やはり想像すらできない。だけど歩の気持ちを優先してくれるエドヴァルドに、ずっとこの先も我慢させ続けるのは嫌だ。

不安は消えない。でも愛しいエドヴァルドの子種だから欲しい。そう思った。

歩はエドヴァルドの背を両手で抱き締めた。

「…俺の中に出して…種付け…して」

ストレートな言葉しか出てこない。

緊張と恥ずかしさで声を震わせながら請うと、歩の中でエドヴァルドの質量が更に増すのを感じた。

「歩の口から種付け…なんて言葉が聞けるとは。まったく、なんてやつだ」

「だってエドヴァルドがそう言っていたから…あぁっ…！」

羞恥で真っ赤になる歩の最奥を容赦なく突き上げ、揺さぶる。歩の中が奥の奥まで熱塊で満たされ、果てたばかりの性器がまた起き上がる。

身体の奥深くまでエドヴァルドに愛され、歩は再び達して、白濁を零す。うっ、と短く呻いたエドヴァルドが最奥を穿ったまま、同時に爆ぜた。

「は……ぁ。…ふぅ…」

達して満足そうに息を吐きながら、エドヴァルドが腰を前後させる。全てを歩の体内へと注ぎ終えると、ゆっくりと繋がりが解かれた。

「…んっ」

まだエドヴァルドの形に開いている窄まりから白濁が溢れる感覚に、歩は腰をもじつかせた。

「…歩」

愛しい声に呼ばれ、黒髪を撫でられる。

「……エド…」

どちらからともなく寄り添い、互いを抱きしめた。

そのとき、エドヴァルドが何かに気づいたように目線を下げた。

「歩、足が…」

「えっ?」

エドヴァルドの視線を追って自身の足を見る。そこには尾鰭ではなく二本の足があった。

「あ…俺の足…戻ってる!」

歩はゆっくり膝を曲げたり、指を開いたりして感覚を確かめた。問題ない。

ほっと安堵のため息をついて顔を上げると、エドヴァルドも人の姿に戻る。

「良かった。これでひと安心だな」

「うん」

見つめ合い、キスをする。

胸の中がしあわせで満ち溢れる。

何度も浅いキスを繰り返したあと、エドヴァルドが身を起こした。浮島から水槽の縁へと上がり、歩に手を差し出す。

深く考えずにその手を取ると、引き寄せ、抱き上げられた。

「わあっ…なにっ…？」

「せっかく戻ったんだ。今度はベッドで愛し合おう」

「…え？」

疲れ切っている歩とは対照的に、自分を横抱きにして階段を下りるエドヴァルドの足取りはしっかりとしている。

エドヴァルドの要望に応えたら、恐らく明日は起き上がれなくなるだろう。でもそれでもいいと思ってしまう。歩もまだエドヴァルドと抱き合っていたかった。

歩は答えの代わりにエドヴァルドの首に腕を回した。

瞬く間に十日が過ぎ、花嫁を決定する期限の日になった。

会議室の中央に置かれた円卓を、ラースを始めとする宰相《さいしょう》や大臣ら総勢十人の重鎮が囲んでいる。上座にフェリックス王が、その隣にエドヴァルドが座している。

「エドヴァルド王太子の妃はイングリッド・ラースで…異論はありませんね？」

議長の司教が円卓を見渡す。声をあげる者はなく、ラースがうっそりとした笑みを浮かべた。しかしエドヴァルドはそれを受け入れるつもりはない。

「異議あり」

異議を唱えると、その場にいた全員が一斉にこちらを見た。

「俺は自分の妃は自分で決めると言った」

エドヴァルドの言葉に場がざわつく。

「しかし期限までに決められなければ、ラース家のイングリッド嬢を娶ると殿下も納得されていたではありませんか。占いを無視されるおつもりですか？」

宰相の一人から声があがった。

再考を求める声が次々に上がる中、ラースは落ち着き払っていた。己の勝利を確信しているのだろう。

片手を上げ、発言を止めさせて、エドヴァルドが口を開いた。

「…期限までに決められなければ、の話だろう？　俺はもう他の者に決めている」

ラース以外の重鎮たちが、顔を見合わせる。

「恐れながら…。その方はもしや王太子殿下が陸から連れて来られた黒い瞳と髪をした方でしょうか？」

「そうだ」

大臣の問いをエドヴァルドがはっきり肯定すると、再び場がざわついた。

「陸からですと？」

「罪人ではないか」

「歩は罪人ではない」

口々に発せられる驚きの声を、エドヴァルドがひと言で鎮める。

「彼は陸で生まれ育ち、碧の国に来たのは今回が初めてだ。この国のなんの罪を犯したと言うのだ？　それに占星術により花嫁候補と認められた両性だ。信じられないと言うなら術師を呼んでもいい」

エドヴァルドに表立って反論する者はいなかった。だからと言って、諸手《もろて》を挙げて賛成という雰囲気でもない。

だがそれもエドヴァルドは承知の上だ。

「歩が俺の妃となることは、王も認められている」

息を呑む気配とともに、円卓に座す全員が父であるフェリックス王を見た。

それまで黙していたフェリックス王が、居並ぶ面々を見据え、ゆっくりと口を開いた。

「まずはこの国の在り方、未来を思い、意見を交える場がきちんと機能していることを誇りに思う。婚姻については一年前にも言った通り、エドヴァルドに一任している。エドヴァルドが選んだ伴侶なら間違いないと確信している」

王の言葉に多くが頷く中、ラースが声を発した。

「…恐れながら。ではその歩様は、どちらにおいでですかな。期限日である今日、この場に伴侶に選んだ方をお連れいただかねば儀式は行えません。……陸に帰られたという噂も耳に挟みましたが？」

死んだ者を連れて来られるわけがないとでも言いたいのだろう。ラースは余裕の笑みを浮かべている。

しん、と会議室が静まり返る。

「あぁ、そうだったな。心無い言葉を聞かせたくなくて別室で待たせている。…ユリウス」

「はい」

エドヴァルドの声に、ユリウスが動いた。


歩が会議室に足を踏み入れると、その場がざわついた。

ラースは生霊でも見ているかの表情で歩を凝視する。

皆の視線を浴びて、歩は後退ってしまいそうになる。だが震える足をしっかりと地に着け、席を立ったエドヴァルドの傍らに並ぶ。

「俺の妃となる歩だ」

そう紹介して、エドヴァルドが歩のほうを見る。歩は頷いて正面を向いた。

「観崎歩です」

緊張で出にくい声を振り絞って名乗った。

「歩は婚姻に同意している。異論は認めない」

ラースが勢いよく立ち上がった。椅子が倒れるけたたましい音が室内に響く。彼は恐ろしい形相で歩を指差す。

「なぜまだおまえが生きているのだ！」

「…なぜまだ？　それはどういう意味だ？」

「……っ…」

歩が死んだと思い込んでいたから、つい口を滑らせたのだろう。エドヴァルドに言葉尻を捕らえられ、ラースが声を詰まらせた。

「そ…それは…特に深い意味は…」

「そうか？　おまえが説明できないのなら俺がしてやろう」

「…な、なにを…」

「歩につけていた使用人のミケルに協力させ、手下を使って襲わせたのに、なぜまだ生きているのか、ということだろ？」

「そ、そんなことはしておりません。王太子殿下とはいえ、何を根拠にそのようなことを仰るのです…」

ラースがわなわなと全身を震わせながらも抵抗を見せる。

エドヴァルドの双眸が眇められた。

「ではなぜ高価な薬湯を提供する見返りに、歩を王城の外に連れ出すようミケルに指示をした？」

「そんな指示はしておりません。その使用人の言い逃れでしょう」

「…そうか。話は変わるが、おまえの家の執事の行方が知れないそうだな」

「えぇ…ですがそれが何か？」

「実はこちらで身柄を拘束している」

「……え？」

虚《きょ》をつかれ面食らった様子のラースに、エドヴァルドが続ける。

「歩に付着していた鱗の欠片から実行犯はすぐに割り出せたが、彼らに俺の花嫁を襲う理由はない。そこで暫く泳がせていたところ、おまえの執事が報酬を持って現れた…話を訊くとあっさりと自供《じきょう》したぞ」

ラースは口をぱくぱくさせている。

昨夜、全てが明らかになったとエドヴァルドから聞いた。

数代前までラース家は、宮廷内で強大な権力を誇っていた。しかしその力に驕《おご》り、時流を捉える努力を怠《おこた》った結果、宮廷で重役に就ける者を輩出《はいしゅつ》できなくなっていた。その内に勢力図が大きく変化した。だから、次期王となるエドヴァルドとの結婚は、ラース家復権のために、何がなんでも成し遂げたかったのだろう。

そしてミケルは母親の病につけこまれた。歩に病気は治せない。ミケルが薬湯を選ぶのは当然だ。

歩はミケルを責める気にならなかった。エドヴァルドにちゃんと相談すればよかったのだ。そうすればこんなことにならなかったかもしれない。

「歩が生きていてよかったな、ラース。だが俺の最愛を傷つけた罪は極刑に値する。牢《ろう》の中で悔いるがいい。…捕らえろ」

エドヴァルドが毅然《きぜん》と言い放った。

会議室に入ってきた衛兵によってラースは確保された。がっくりと項垂れ、外へと連れ出されて行く。

「…さて。他に何か言いたいことがある者はいるか？」

茫然となりゆきを見ていた宰相たちが、エドヴァルドの一声に我に返る。今度は誰からも声はあがらない。

その状況を受けて、フェリックス王が裁定を下す。

「ではエドヴァルドの妃は歩で決定とする。儀式の支度をせよ」

王の宣言でドアが開かれ、アンネが入室してくる。

歩はアンネが来ることは知らされていなかったので驚くが、周囲は落ち着いている。

皆の視線が注目する中、歩の前へと歩いて来たアンネが手にしている丸いケースを開く。

中には煌《きら》めく黄金のティアラが入っていた。

嘆声があがる。歩は周囲の反応で、そのティアラが貴重なものだとわかる。

「しきたりに従い、このティアラを王より王太子の妃へ授ける」

立ち上がったフェリックス王がティアラを手に取る。

エドヴァルドに促され、身を低くする。ティアラが王の手で歩の頭に飾られた。繊細な見た目だが、ずっしりとした重さがある。これが王家に代々受け継がれているティアラなのか。

エドヴァルドが差し出した手に掴まり立ち上がる。

「皆の立会いのもと、歩は正式に俺の花嫁となった。婚礼の儀はいまより一ヶ月後に執り行う」

そう高らかにエドヴァルドが宣言した。

Ⅶ

エドヴァルドの宣言から一週間後、歩は陸へ戻った。

恩人であるマスターが残してくれた、母との思い出が詰まった店。歩の生きる意味だった「ソラモネ」を、きちんとした形で閉じるためだ。

約一ヶ月ぶりに店を開けると、次々に常連客が顔を見せてくれた。

彼らひとりひとりに、来月でソラモネを閉店することを告げた。

誰しもが驚いて、閉店を惜しんだ。だが理由を訊かれて、エドヴァルドの国に行くのだと言うと祝福してくれた。

いつも明るくさばさばしていた更紗が初めて涙を見せた。うれし涙だと強がった彼女のハグに、ありがとうと背を叩いて応えた。入間はいつも通り片手を挙げてベンチシートに座り、名残惜しそうに通りを眺めた。ガラス細工屋の山本婦人には、やや大きめにカットしたケーキを出してレシピを教えた。

最後の営業日までソラモネは盛況だった。

歩は店がどれだけ愛されていたかだけでなく、自分は決して独りぼっちではなかったのだと知った。感謝と寂しさの中、ソラモネは閉店した。

碧の国に行く前日。歩は両親とマスターが眠る墓地を訪れた。

年に一度は陸へ帰ることを許されたが、いままでのように頻繁《ひんぱん》には来られない。だからソラモネのこと、エドヴァルドのこと、歩の未来のことと、思いの丈を全て話してごめんねとありがとうを伝えた。

歩は母の形見のネックレスとソラモネのサインプレートを持って、碧の国へ戻った。

再会した途端、エドヴァルドに強く抱きしめられた。息が苦しいと訴えるまで離してくれなかった。クローゼットには以前に増して、ぎっしりと服が収納されていて、宝石や花のプレゼント攻撃にもあった。

たじたじになりながらも、歩は好きな人の傍にいられるしあわせを感じた。

気になっていたミケルのことを訊くと、半年の投獄後は王城内はおろか城下街への出入りを禁じられるとのことだった。しかもラースからもらった薬湯は、病の治療には足りなかったらしい。歩の意向が尊重され、薬湯の手配がされた。ミケルは出所後、何年もかけてその代金を支払わなければならないが、温情に喜び、感謝を述べたという。

歩が陸へ行っている間に、結婚式の準備が行われていた。

先に採寸を済ませていた花嫁衣裳ができあがっていて試着する。シフォンのような透け感のある薄布を重ねた長衣で、碧の国の伝統的な衣装だそうだ。仄かに翡翠色をしているのは、エドヴァルドのリクエストで歩の鱗に合わせたという。

試着には三姉妹が付き添ってくれた。歩が恥ずかしくなるほど大袈裟《おおげさ》に褒められ、散々写真を撮られた。途中、エドヴァルドがやってきたが、「当日のお楽しみ」と追い返されていて笑ってしまった。

そして迎えた結婚式当日――。

歩は花嫁の控室で、鏡の前に座っていた。花嫁衣裳姿で、頭にはティアラが輝いている。

「歩さん、準備はいいですか？」

「…ユリウスさん」

歩は緊張で強張った顔を彼に向けた。

「おやおや」

歩の蚊の鳴くような声に肩を竦めたユリウスが、歩の後ろに立つ。ぽんと両肩に手が置かれた。

「鏡に映った硬い顔をずっと見ていたら、余計に緊張してしまいますよ。さぁ大きく深呼吸してみましょうか」

鏡越しに目を合わせて、にっこりとほほ笑む。

歩は言われた通りに思い切り息を吸って吐いた。何度か繰り返すと、幾分か身体から力が抜けた。

ぎこちなくではあるが、鏡に映る自分に笑顔を向けてみる。

ユリウスが頷いた。

「笑顔って不思議ですね。見ている者も笑顔になれます」

その通りだ。歩は、エドヴァルドや三姉妹、ソラモネの客たちの笑顔で笑顔になれていたのだから。

「はい」

彼らの笑顔を思い浮かべてみると、今度は自然に笑えた。

予定の時間になり、神官が歩を呼びに来た。衣装の裾を踏んだりしないようユリウスに介添えしてもらいながら、婚礼の儀が行われる神殿に向かう。

厳《おごそ》かな雰囲気漂う静かな回廊を進み、石畳のアーチ橋を渡る。

ドーム型の屋根の神殿はもう目の前だ。歩の心拍数が一気に上がった。けれど、ユリウスのおかげで狼狽えることはなく落ち着いている。

神殿の入り口の扉は開いていた。そこを潜ると、重厚で背の高い両開きの扉の前に着いた。

「扉が開いたらエドヴァルド様の許まで私が先導いたします。私が立ち止まってお手を離しましたら、エドヴァルド様のお手を取り、そのまま大神官の前までお進みください」

神官の説明に歩は「はい」と頷く。

この扉の向こう側では、皆が王太子の花嫁の入場を待っている。そう考えると心臓が口から飛び出そうな気分になる。

だけどそこにはエドヴァルドがいる。これからの人生を共に歩もうと決めた人が待っている。

人間とのハーフで人魚の世界のことを何も知らない者が、未来の王の伴侶になるのだ。エドヴァルドが決めたこととはいえ、全員に歓迎されないのは当たり前。

だから歩は努力しないといけない。マスターに認められ、母に美味しいと言ってもらうために、珈琲を淹れ続けた日々のように。

ひとつひとつ乗り越えていこうと決めた。

神官の差し出した手に歩は自身の手を載せた。

ひとつ深呼吸をして前を見据えると、ゆっくりと扉が開かれた。

歩は目の前に広がった光景に圧倒される。高い天井と大きなステンドグラス、細かな装飾が施された見事な薔薇窓。入り口から祭壇に向かって伸びるウエディング・アイルには、濃紺に金の縁があしらわれたカーペットが敷かれている。その左右にずらりと並ぶ席には、大勢の招待客が座っている。

全員の視線を浴びながら、神官のエスコートでウエディング・アイルを歩いていく。

緊張で俯いてしまいそうになる顔を意識して上げると、祭壇前に佇むエドヴァルドと目が合った。

整えられた黄金色の髪と澄んだ碧眼、凛々しい体躯に白と紺色の礼服が決まりすぎていて、歩は立場を忘れて見惚れてしまう。

祭壇の少し前で神官の手が離され、はっとした。

ゆったりとほほ笑んだエドヴァルドが、歩に向けて片手を差し伸べる。

「碧の王国へようこそ。我が花嫁」

真っ直ぐに見つめてくる瞳を見返して、歩はエドヴァルドの手を取った。

END

■あとがき■

はじめましての方もそうでない方も、こんにちは。水杜《みずもり》サトルです。

「人魚王子の花嫁に選ばれましたが困ります」――久しぶりの新刊です。お買い上げくださいまして、誠にありがとうございます。

久しぶりと書きましたが、いつにも増して全ての工程で時間がかかってしまいました。

書きたかった話がプロット途中で頓挫し、そういえば書いてみたかった話があったなと、以前に自らお蔵入りさせていた「人魚」ものに切り替えました。

多少後ろ髪引かれながらも初稿は凄く楽しく執筆できたのですが、なんとその後に舞台設定がデンマークから日本に変更になりました。でもそれは結果オーライで変更してよかったと思います。カメの歩みなのは毎度とはいえ、なにかと苦労が尽きなかった作品でもあるので、その分愛着も強いものに。

そういえば、初めてファンタジー要素が入った物語なのですが、私が創作を始めた頃は(当時は小説ではなく漫画でしたが)、むしろファンタジーばかり描いていたことを懐かしく思い出しましたね。

今回のイラストを担当してくださった日塔《ひどう》てい先生、ありがとうございます。私はいつも攻めキャラに拘《こだわ》ってしまうのですが、数パターンのキャララフを見せていただいて、イメージ通りのエドヴァルドに感動しました。髪がグラデーションならファンタジーらしく、人魚王子っぽくていいなと思っていたら、次のラフでそう指定されていて、そうそう！　とハイタッチしたくなりました（馴れ馴れしくてすみません）。極めつけは表紙！　会社で見て硬直、からの心の中で（黄色い）絶叫。そしてうっとりとため息…。お話の感想までくださいまして、本当に嬉しかったです。

そして担当さま、編集部の皆さま、この本を出版するにあたりお力を貸してくださいました方々、今回も本当にありがとうございました。

本作を読んでくださいました読者の皆さま。何かと慌ただしい日常の中で、このお話を読むための時間を作っていただき心より感謝申し上げます。どこかひとつでも胸に残るシーン、セリフ、表情があればとても嬉しいです。もしよろしければ、感想などお聞かせください。

それではまたご縁がありますことを祈って。

水杜サトル

好きなことを好き勝手に呟いているTwitterアカウントです。ぜひ遊びにいらしてください。【Twitter】@satoru_miz153

初出
「人魚王子の花嫁に選ばれましたが困ります」書き下ろし

CHOCOLAT BUNKO

この本を読んでのご意見、ご感想をお寄せ下さい。
作者への手紙もお待ちしております。

ショコラ公式サイト内のWEBアンケートからも
お送りいただけます。
http://www.chocolat-novels.com/wp_book/bunkoenq/

人魚王子の花嫁に選ばれましたが困ります

2022年9月20日　第1刷

著　者:水杜サトル
発行者:林 高弘
発行所:株式会社　心交社
〒171-0014　東京都豊島区池袋2-41-6
第一シャンボールビル7階
(編集)03-3980-6337 (営業)03-3959-6169
http://www.chocolat_novels.com/
印刷所:図書印刷 株式会社

CHOCOLAT BUNKO

好評発売中!

ベターハーフムーン

安西リカ
イラスト・みずかねりょう

中卒、家無し、彼氏無し。流されて生きてきた俺に、好きな人ができました。

ノリと勢いで生きるキャバの黒服・怜王と大手企業勤務の東屋。仕事中見かけた東屋に目をつけた怜王は、酔い潰れた彼を襲い身体を重ねる。その夜の記憶がない東屋は、家の退去が迫っている怜王に隣室を紹介してやり二人はお隣さんになる。(もう一回ヤれないかな)と新生活に心躍らせる怜王だが、きつい見た目の割に優しくて自分を叱ってくれる東屋を気づけば本気で好きになっていて…。硬派リーマン × 尻軽黒服の格差ラブ♡

CHOCOLAT BUNKO

好評発売中！

ヴィラン伯爵はこの結婚をあきらめない

Aion

イラスト・みずかねりょう

その時、プロポーズを失敗していた
——ことを彼らは知らない。

没落した子爵家の嫡男シオンは、家の再興のためノア・ヴィラール——犯罪者だという噂のある嫌われ貴族、通称ヴィラン伯爵の身辺を探っていた。尾行に気づいたノアに悪魔のような形相で詰問され、死を覚悟するシオン。だが何故かヴィラール家に就職するよう熱心に勧誘される。シオンは執事として働きつつノアの悪事を暴こうとするが、彼が実は不器用でぶっきらぼうなだけで、シオンのような使用人にすら優しい男だと知り……。

CHOCOLAT BUNKO

好評発売中!

キスの誘惑 蕩ける身体

水杜サトル

イラスト・御景椿

僕たちに触れられるのは嫌? それとも怖い?

モルセンブルク大公国の全寮制学校に通う理久・マイヤーは卒業生に会うため帰省するが、両親が事故で亡くなり血のつながらない兄に邸を追い出されてしまう。理久は教会へ向かうが途中で倒れファベール家の双子の息子、アンリとシャルレイに保護される。しかしすべての記憶を失っていた。家族からの連絡を待つ間、理久は邸においてもらうことになるが、ある日ふたりからキス以上のことをされてしまい——。